RECLAM-BIBLIOTHEK

Am Himmel über Pisa ziehen die Bomber der Alliierten ihre Kurven, während der junge deutsche Nachrichtensoldat H. C. mitten im Kriegsgeschehen die Schönheit der Landschaft erkundet. Unweit von Pisa wird im Frühling 1945 ein amerikanischer Dichter von italienischen Partisanen verhaftet, im Straflager der US-Army interniert und in das »Todeszelt« gebracht, weil er mit den Faschisten sympathisierte: Ezra Pound.

Nach über fünfzig Jahren kehrt H. C. zurück an die Stätten des Krieges. Er begibt sich auf die Suche nach Ezra Pounds Spuren in Pisa, taucht ein in die geheimnisvolle Welt seiner Dichtung und versucht den Ort des Straflagers ausfindig zu machen. Aber das einstige Lager umgibt ein Mantel des Schweigens.

Die Italienreise wird zu einer Reise in die Vergangenheit; die Bilder des Krieges verschwimmen, mischen sich mit den Reflexionen über die Vergänglichkeit, die Toskana, Ezra Pound und die Poesie.

Hanns Cibulka, geboren 1920, lebt als freier Autor in Gotha. Für sein literarisches Werk erhielt er zahlreiche Preise und Auszeichnungen. Zuletzt erschien bei Reclam Leipzig sein »Tagebuch einer späten Liebe« (1998).

Hanns Cibulka

Sonnenflecken über Pisa

Roman

RECLAM VERLAG LEIPZIG

ISBN 3-379-01700-0

Reclam-Bibliothek Band 1700
1. Auflage, 2000
Der in diesem Buch enthaltene Text »Nachtwache« erschien zuerst 1989 im Mitteldeutschen Verlag, Halle.
Reihengestaltung: Hans Peter Willberg
Umschlaggestaltung: Matthias Gubig, Berlin
Gesetzt aus Stempel-Garamond
Satz: Peter Conrad, Brandis
Druck und Bindung: Ebner Ulm
Printed in Germany

Die ungeheure Tragik des Traums
im gebeugten Rücken des Bauern

Ezra Pound
Pisaner Gesänge

Ein grauer Novembertag, vor dem Fenster flockt der erste Schnee, gedankenlos blättere ich in einer Zeitschrift, lese die Überschrift einiger Artikel »Die Situation des Buches in Europa«, »Der Dichter in der Beschleunigung«, »Was ist Internetliteratur«, auf der vorletzten Seite finde ich unter den Anzeigen eine Annonce, sie ist in sorgfältig ausgewählten Druckbuchstaben gesetzt:

TOSKANA

Ferienwohnung in einem alten Bauerngehöft,
eine halbe Fahrstunde von Pisa entfernt,
ein großes Wohnzimmer, ein Schlafzimmer mit
Doppelschlafcouch, Wohnküche, Duschbad mit
WC, Heizung und Telefon …

Ich erinnere mich, es war Anfang August 1943 auf Sizilien. Ich saß auf einem offenen Lastkraftwagen, mit dem Rücken an der Fahrerkabine. Meine Gedanken waren nur noch auf das Lazarettschiff gerichtet, das irgendwo im Norden, in der Nähe von Messina, auf uns wartete. Ich sah sie liegen in ihren dreckigen Uniformen, die Notverbände verkrustet vom Blut. An meiner Seite ein Unteroffizier, er brachte kaum ein Wort über die Lippen, seine Beine waren voller Granatsplitter, der Verband pappig, auf der anderen Seite lag ein Soldat mit Lungendurchschuß. Andere wieder hockten unruhig da, waren in sich zusammengerutscht, ein jeder mit einer Kugel im Leib. Ein Schuß mehr, ein Schuß weniger und immer noch ein Schuß zuviel. Da war weit und breit kein Sanka zu sehen, hinauf auf den Lastkraftwagen mit der Rotkreuzfahne, auf die harten Planken, keine Decken, keine

Matratzen, seht zu, wie ihr mit eurem Vaterland fertig werdet.

Achtundvierzig Stunden später lag ich in einem Wehrmachtslazarett, Malariaabteilung, wenn ich mich im Bett aufrichtete, sah ich durch das geöffnete Fenster den Schiefen Turm zu Pisa …

2. April

Die Ferienwohnung liegt eine halbe Fahrradstunde vor den Toren der Stadt. Das Gehöft hat kein fahles Schieferdach, die Dachziegel leuchten rot in den Morgenhimmel, die Mauern sind karmesinrot getüncht, keine Scheune, kein Stall. Das Haus steht da, als wäre es in dieser Landschaft etwas ganz Besonderes, als hätte eine unsichtbare Hand eine unsichtbare Mauer um das Anwesen gezogen, es ruht in sich selbst, farbenfroh, farbenhell.

Die Küche ist mit Ziegelsteinen ausgelegt. Ein wuchtiger Holztisch, drei Stühle, ein mit Blumen bemalter Bauernschrank. An den Fenstern blaukarierte Vorhänge, in der Ofenecke zwei irdene Krüge für das Mehl, auf dem Regalbrett die Kräuterbüchsen, über dem Herd eine handliche Pfanne, blank gescheuert. Vom Küchenfenster geht der Blick hinaus in den Hof, wo einst die Hühnerställe waren, es ist ein mit Steinmauern umschlossener Durchgang.

Der schönste Raum im ganzen Haus ist das Wohnzimmer. Ein großer, heller Raum, die Wände hellblau getüncht, eine durchsichtige Farbe, die Decke weiß, der Fußboden aus gebranntem Ton, Terrakottaplatten. An den Wänden stehen ein paar alte Bauernmöbel, ein Nußbaumschrank, in der Fensternische eine Schreibecke mit Tisch und Stuhl, der Rücken des Stuhles dichtes Rohrgeflecht. Es ist ein bescheidenes Zimmer, und doch gehört es zu den schönsten Räumen, die ich in den letzten Jahren bewohnte.

Vom Schreibtisch geht der Blick hinaus in den Garten. Die Feigenbäume sind groß und reichen weit über die Gartenmauer hinaus, uralt die Olivenbäume. Am Ende des Gartens eine Steinbank, ein mächtiger Kastanienbaum, der Hauptstamm hat sich in drei Stämme geteilt. Am Horizont die Monti Pisani, im Westen die Berge von Carrara, keine Spur von Dunkelheit, weißer leuchtender Marmor.

Als ich auf dem Schreibtisch das Telefon sah, zog ich den Stecker aus der Dose. Ein Ort ohne Anschluß.

Am späten Abend der Blick aus dem Fenster, im Nordosten die Autostraße nach Lucca und Florenz, mehrspurig, eine Lichterkette ...

3. April

Auf meinem Schreibtisch liegt ein ausgebreiteter Stadtplan. Es ist aufregend, die Namen der Straßen nach fünfzig Jahren noch einmal zu lesen: Via Santa Maria, Corso Italia, die Namen der Brücken, die über den Arno führen: Ponte Solferino, Ponte della Fortezza. Ich wandere mit meinem Zeigefinger von Kirche zu Kirche, von Palazzo zu Palazzo, gehen von einem Stadtviertel hinüber ins andere, von der Piazza San Francesco bis zum Orto Botanico.

Ich werde mich dieser Stadt ganz langsam nähern, ohne Eile werde ich auf sie zugehen, ich habe Zeit, viel Zeit, ich werde so tun, als wäre ich in meinem Leben noch nie in Pisa gewesen.

Die Besitzerin der Ferienwohnung ist Signora Marinetti, eine Witwe. Jeden dritten Tag kommt sie ins Haus, um nach dem Rechten zu sehen, erkundigt sich nach meinen Wünschen, geht mit dem Staubsauger von Zimmer zu Zimmer.

Signora Marinetti hat ein eindrucksvolles Gesicht, das man so schnell nicht vergißt. Sie ist weißhaarig, hat eine hohe Stirn, dunkle Augenbogen, zwei kluge Augen, auf der Oberlippe einen dunklen Anflug, der wie ein Schatten auf ihrem

Gesicht liegt. Ihre Stimme ist leise, aber eindringlich, sie setzt behutsam Wort neben Wort, zwischen den einzelnen Sätzen ein müdes Lächeln.

Am späten Vormittag fahre ich mit dem Fahrrad hinüber ins Dorf, kaufe mir ein halbes Brot, ein paar eingelegte Artischocken, eine harte sizilianische Eselswurst, eine Tüte Walnüsse und eine Flasche Rotwein.

Am Abend Spaziergang durch den Garten. Hier ist ein Übermaß an immergrünen Bäumen und Gesträuch: blühende Büsche, kniehoch das Genist, ein unbändiger Pflanzenwuchs. Auch in diesem Garten hat Apollo die fliehende Daphne in einen Lorbeerstrauch verwandelt.

Unter einem alten Olivenbaum bleibe ich stehen. Kein anderer Baum überdauert tausend Jahre und mehr, auch wenn die Rinde geborsten, die Stämme verkieselt. Wie ein Korkenzieher dreht sich der Stamm aus der Erde heraus. Man kann es den Bäumen ansehen, wie hart es für sie sein muß, Jahr für Jahr fruchtbar zu sein.

In der Antike haben die Sieger die Ölbäume der Besiegten bis zu den Wurzelstöcken abgehackt und verbrannt. Das Abfackeln der Olivenbäume hat die Unterlegenen mitten ins Herz getroffen, als hätte man auch das letzte ihrer Kinder erschlagen.

In der Nacht höre ich vor meinem Fenster ein Rascheln im Laub. Es wird der Igel sein, der auch in der Toskana auf seine nächtlichen Spaziergänge nicht verzichtet. Er hat seine Wohnung in einer selbstgebauten Höhle unter den Brombeerhecken, unweit von meinem Schlafzimmerfenster ...

4. April

Da liegt sie nun, diese Stadt, auf beiden Seiten des Arno mit einem Bahnhof, einem Zivilflughafen, einem Abstellgleis und einer Autostraße nach Lucca, Livorno und Florenz.

In *Lübker's Reallexikon des classischen Altertums* fand ich über Pisa folgende Eintragung: Pisa, sehr alte und wichtige Stadt Etruriens am Zusammenfluß des Auser und Arnus, zwanzig Stadien von des letzteren Mündung, eine der zwölf etrurischen Bundesstädte, später römische Kolonie. Nördlich von der Stadt lagen heiße Mineralquellen, aquae Pisanae, jetzt berühmter als früher.

Es ist ein eigenartiges Land, das zwischen dem Meer und dem Gebirge liegt, eine Ebene, ausgebreitet, dunkler Grund, Schwemmland. Flach liegt es vor meinen Augen da. Hier nimmt der Arno an Breite zu und fließt ins Meer, hier ist ein Himmel, wie man ihn nur in Meeresnähe erleben kann, unbeschreiblich in seiner Größe.

Vor vielen hundert Jahren, als der Fluß immer mehr Schwemmland im Delta zurückließ, begann sich die Stadt vom Meer zu entfernen. Im 11. Jahrhundert lag Pisa drei Meilen von der ligurischen Küste entfernt. Damals lagen die Werften noch vor den Toren der Stadt. Mit dreihundert Schiffen und mehr segelten die Pisaner hinaus auf das Meer, um die Sarazenen auf Sizilien und Sardinien zu bekämpfen. Heute liegt die alte Stadtmauer zehn Kilometer vom Strand entfernt. Eigenartig ist die farbige Luft, die über dem Land liegt, ein Licht, das alles leuchtend macht.

Pisa ist eine offene Stadt mit breiten hellen Straßen, wenig Schatten, eine Stadt, wo an manchen Tagen der Wind den salzigen Geruch des Meeres durch die Straßen treibt. Sie hat sich nach allen Himmelsrichtungen ausgebreitet, ist weiträumig und dennoch in sich geschlossen, kompakt, abgesunken aus einer großen Vergangenheit in eine bescheidene Gegenwart. Pisa hat in der Vergangenheit vorwiegend von seiner eigenen geistigen Substanz gelebt, Florenz, das Ziel aller Wünsche, hat aus der Geschichte einen Gemeinplatz gemacht.

Diese Stadt redet sich nichts ein, sie beschwört weder den Fluß noch den Himmel, sie klagt die anderen Städte auch nicht an, sie kennt ihre Geschichte, die innenpolitischen Spannungen, die Daseinskrisen, die Seinserfahrungen. Generationen lebten auch hier von dem alten verblendeten Haß zwischen den Ghibellinen und den Guelfen, ein Haß, der ganze Provinzen in den Abgrund stieß. Tausende wurden aus ihrer Heimatstadt vertrieben, Tausende warteten auf die rächende Wiederkehr.

Der Schiefe Turm ist eine ständige Mahnung, daß sich eines Tages auch unser Leben der Erde wieder zuneigen wird.

Das große Sterben ist an dieser Stadt vorbeigegangen.

Am 4. Juli 1944 kam ich zum zweiten Mal als Wehrmachtssoldat nach Pisa.

Kriegstagebuch des Oberkommandos der Wehrmacht (Wehrmachtsführungsstab). Die Kämpfe im Raum von Florenz und die Verteidigung der Arno-Linie (18. Juli bis 15. August).

Am 18. 7. wurde auf dem rechten Flügel die Masse der eigenen Kräfte auf das Nordufer des Arno zurückgenommen, die Nachtruppen rückten an dessen Südufer heran.

Am 23. 7. gingen die Nachhuten bis an den Südrand von Pisa und den Arno zurück. Südlich von Florenz wurde der Kampf reger; eine Anzahl von Panzern wurde abgeschossen und der Feind abgewiesen.

... ich habe sie immer noch vor mir, die zurückflutenden Verbände. Die Soldaten hatten den Stahlhelm abgenommen, ans Koppel gehängt, der Waffenrock war aufgeknöpft, die Ärmel hochgerollt, die Uniformbluse offen. So kamen sie an, zu Fuß, auf Fahrrädern, von Zeit zu Zeit ein gepanzertes Fahrzeug, ein Sturmgeschütz, ein Lastkraftwagen, die Melder auf den Motorrädern jagten vorbei. Ich habe die Gesichter der Soldaten bis heute nicht vergessen, übermüdete Gesichter, die Blicke stumpf, stur auf den Nacken des Vordermanns gerichtet. Hier gab es keine Truppen mehr, die zur Deckung des Rückzugs eingesetzt waren, die Front lag offen.

Und doch gab es Nächte, wo der Himmel voller Sterne war und am Horizont das Kreuz des Südens leuchtete, wo an der Front alles ruhig und von den feindlichen Vorposten nichts zu hören war. In solchen Nächten konnte man jedes einzelne Wort verstehen, wenn sich zwei Soldaten, halblaut, von Schützenloch zu Schützenloch unterhielten. Manchmal stieg jenseits des Arno eine Leuchtrakete hoch, mehrere

Hektar Land lagen unter einem grellen Licht. Kein Artilleriebeschuß, nur die Leuchtspurgeschosse der leichten Flakartillerie, leuchtende Ruten, die auf und ab schwangen. Ein Feuerstoß aus einem schweren Maschinengewehr hinüber auf das feindliche Ufer. Keine Christbäume, die von einem amerikanischen Flugzeug abgeworfen wurden, nur manchmal, am Horizont, der geisterhafte Strahl eines Scheinwerfers.

Der Rückzug vollzog sich nachts, tagsüber lagen wir in einem Olivenhain in voller Deckung und suchten den Horizont nach den ockergelben Staubfahnen der amerikanischen Panzer ab.

Eine weiße Brücke spannt sich über den Arno, die Ponte Solferino. Ich gehe den Weg, den ich als Soldat wiederholt gegangen bin.

Ich erinnere mich an meine Spielzeugkiste ... keine Bleisoldaten, keine preußischen Grenadiere mit dem Gewehr im Anschlag, ich hatte zwei Ritter zu Pferd mit herabgelassenem Visier, mit gesenktem Speer, sie waren auf dem Weg zum Turnierplatz.

Am späten Abend ein Blick aus dem Fenster: eine wolkenlose Nacht ohne Wind, nichts, was das Ohr aufhorchen läßt, am Himmel ein breites leuchtendes Band, die Milchstraße ...

5. April

In den frühen Morgenstunden, ehe noch die Sonne aufgeht, leuchtet der Himmel über Pisa in einem zarten Apfelgrün.

Den ganzen Vormittag war ich mit dem Fahrrad unterwegs. Der Weg führte mich über die Landstraßen, durch Olivenhaine und Pinienwälder, ich war auf der Suche nach dem Ort, wo vor fünfzig Jahren das Straflager der amerikanischen Armee lag, das Disciplinary Training Center bei Pisa. Ich meldete mich in den Dörfern beim Bürgermeister an, klopfte beim Pfarrer an die Tür, die alten Menschen auf dem Dorfplatz habe ich angesprochen, sie hörten mir aufmerksam zu, aber keiner konnte sich an ein solches Lager erinnern, keiner wußte mit dem Namen Ezra Pound etwas anzufangen, mit jenem amerikanischen Dichter, der wegen »unzeitgemäßer Kritik an der amerikanischen Politik« mit anderen straffällig gewordenen GIs in das Lager eingewiesen wurde.

Drei Dörfer habe ich an diesem Vormittag aufgesucht, doch immer wieder bin ich ins Leere gelaufen. Unvorstellbar, daß ein solches Lager vom Erdboden spurlos verschwinden kann, für immer ausgelöscht, in Vergessenheit geraten, irgend etwas müßte auch heute noch auffindbar sein, eine Erinnerung im Gewissen der Menschen, irgendwo müßte doch Pound den Abdruck seiner Fußsohlen im Sand hinterlassen haben.

Auf der Heimfahrt, im Blickfeld den uralten Campanile von Pisa, einen Turm, der den Blick des Menschen immer wieder anzieht, weil er schräg in den Himmel stößt.

Nach dem Abendbrot Spaziergang durch den Garten. Ich beobachte den Flug einer Nachtigall, es ist ein steigender und fallender Bogen von Busch zu Busch. Sie sitzt in den Zweigen, den Schwanz erhoben, die Flügel tief gesenkt, und wartet ohne Scheu, bis ich an ihr vorbeigehe. Ihr Kleid ist altersgrau wie unsere Zeit. Sie kommt Anfang April über das Meer, wenn der Weißdorn zu grünen beginnt.

Ich sitze vor dem Gehöft auf einer langen schmalen Holzbank, sehe die Dorfstraße hinab und warte, bis Halina mit dem Fahrrad die Straße von Pisa heraufkommt.

Nachts liegt vor meinem Fenster eine große angereicherte Stille ...

6. April

Seit Tagen ist in der Landschaft der Toskana ein froher, frühlingshafter Ton, Schumanns »Rheinische« geht mir durch den Sinn, Mendelssohns »Italienische«. Goldruten blühen auf, das Gartengeißblatt duftet süß, es hat den gleichen wohlriechenden Duft wie das Geißblatt im Hohen Thüringer Wald.

Pisa – es gibt schönere Ortsnamen in Italien, die mit einem P beginnen, ich denke an Padua, Palermo, Positano.

Pisa hat einen spröden, gläsernen Klang, keinen Glockenton wie Orvieto. Pisa hat vier Buchstaben. Zwischen den beiden Konsonanten p und s steht das i wie ein spitzer Pfeil, das Wort endet mit einem a, es hat keine Mitte, dieses a klingt auch nicht nach, es hängt etwas hilflos in der Luft …

Ich gehe gern durch die schmalen, kühlen Gassen dieser Stadt spazieren, hier kann man überall Zwiesprache halten mit den Menschen, den Steinen. Diese Gassen gleichen einem Gehörgang, hier wird alles weitergegeben, was man im Umfeld dieser Häuser spricht, die kleinen Plätze einer Ohrmuschel, wo sich die Ereignisse des Tages sammeln.

Den ganzen Tag sind hier die Menschen unterwegs, den ganzen Tag wird erzählt, geredet, gesprochen, es sprudelt nur so aus den Mündern heraus, und doch geht ein jeder seinen eigenen Weg. Die ganze Stadt denkt, redet, handelt, in jeder Minute gibt es tausend Gespräche und mehr, Erklärungen und Gedanken werden ins Bild geholt. In der Regel sind es ganz alltägliche Worte, bedeutungslose Worte. Am Abend sitzen die Menschen vor den Fernsehgeräten wie das Kaninchen vor der Schlange.

Eine Stadt wie Pisa weiß genau, wann für sie die Zeit gekommen ist, wann die Zeit der leeren Besessenheit über sie hereinbrechen wird.

Am Lungarno gibt es ein kleines Café, in dem ich mich fast wie zu Hause fühle. Am Nachbartisch spielen drei Männer Tarock.

Das Spiel beginnt mit dem Mischen der Karten, dem Austeilen. Es ist ein ruhiges, bedächtiges Gesellschaftsspiel, kein Hasardspiel. Ich sehe, wie sich die Männer die einzelnen Karten zuspielen, wie sie sich ansehen, mit den Augen verständigen, man kann es den Gesichtern ablesen, mit welchem Blatt sie ins Spiel gehen, wieviel Stiche sie in der Hand haben, wieviel Trümpfe mit den römischen Zahlen. Wer aber hält in seiner Hand den unschlagbaren Sküs, den Joker, den Narren? Plötzlich schlägt einer der Männer mit der flachen Hand auf den Tisch, die Weingläser beginnen zu tanzen, lachend notiert er auf einen Zettel seinen Gewinn. Sein Nachbar streicht die restlichen Karten ein und mischt von neuem das Blatt. Es ist ein ruhiges Spiel, kein lauter Ton, Dame, Reiter und Bube haben von neuem das Wort.

Ein alter Herr betritt das Café. Er setzt sich an einen kleinen runden Tisch am Fenster, legt Schirm und Hut auf einen leeren Stuhl. Er bestellt sich ein Kännchen Kaffee und einen Hennessey. Den schmalen Henkel zwischen den Fingern, hebt er die dampfende Tasse an die Lippen und trinkt langsam den ersten Schluck. Ich beobachte seine Hände, sie zittern, wenn er ein Stück Zucker in die Kaffeetasse wirft. Es ist eine alte, gepflegte Hand mit dunkelblauen Adern auf dem Handrücken.

Wie alt mag er sein? Vielleicht weiß er, wo das amerikanische Straflager einst lag. Als er aufsteht, sehen wir uns einen Augenblick lang an, es ist ein kurzer Blick, nicht mehr.

Am späten Nachmittag kommt Wind auf, er treibt den Staub in langen Zungen durch die Straßen der Stadt.

Nachts beginnt das Holz in meinem Zimmer zu arbeiten, ein unsichtbarer Riß im Gebälk der Decke, das Fensterbrett ist aufgeheizt von der Sonne, in den Ritzen, Spalten und Fugen schläft die ungenützte Zeit.

8. April

Heute nacht habe ich im Traum mit einem fremden Mann gekämpft, ich habe ihn mit meinen Füßen vom Bettrand immer wieder weggestoßen. Als ich erwachte und mit offenen Augen im Bett lag, sah ich, wie sich eine schattenhafte Gestalt von meinem Bett entfernte, wie sie durchsichtig wurde, und plötzlich hatte sie das Schlafzimmer durch die Außenwand verlassen ...

Mit einem kleinen Veilchenstrauß in der Hand kam heute vormittag Signora Marinetti im Garten auf mich zu und sagte: »Für Sie«, und drückte mir die Blumen in die Hand. »Auf dem Schreibtisch steht eine kleine weiße Vase.«

Die feingekerbten Blätter sind herzförmig geschnitten, die stark duftenden Blüten dunkelviolett. Die Blumen wachsen zwischen Unkraut und Gras, verstecken sich im trockenen Laub der Büsche, dort, wo es warm ist. Ehe unsere Augen die Veilchen entdecken, riechen wir schon von weitem ihren weichen sinnlichen Duft. Viola odorata, der zarteste Blumengeist unter den Wald- und Wiesenblumen.

Kriegstagebuch des Oberkommandos der Wehrmacht.

In der Kampflage hatte sich seit dem 21. 7. keine wesentliche Veränderung ergeben. An der Küste wurden die Nachtruppen zurückgedrängt. Am 23. 7. beschoß der Feind, der vorher erklärt hatte, er wolle Pisa schonen, den Domplatz. Am 28. 7. richtete der »Osservatore Romano« einen Appell an beide Seiten, in dem auf eine amerikanische Meldung, auf dem Schiefen Turm befände sich eine deutsche Beobachtung, Bezug genommen war. Diese war falsch.

Zwischen Poggibonsi und Florenz stellt sich der Gegner zum Angriff bereit. Vom 23. 7. nahm die Kampftätigkeit wieder zu, die von Tag zu Tag an Heftigkeit gewann. Ein Großangriff am 27. 7. wurde abgewiesen.

In Pisa wurde durch das feindliche Arti.-Feuer der Schiefe Turm leicht beschädigt.

Die Bilder des Krieges verschwimmen. Ich trage die Erinnerungen nur noch wie Fetzen mit mir herum, wie die Bruchstücke einer Brücke, über die man nicht mehr gehen kann, die einen Volltreffer bekam.

Toskanische Villen wurden beschlagnahmt, hier haben die Stäbe ihren Gefechtsstand aufgebaut. Man mußte schon lange hinschauen, ehe man bemerkte, wer in diesen Villen ein und aus ging. Im Schatten der Parkmauern liefen die Kabel, kaum sichtbar für das Auge. Es war ein Krieg ohne Betonbunker, keine Feuerscharten auf große Räume aufgeteilt, Freund und Feind setzten auf Bewegung.

Kein anderes Lebewesen auf dieser Erde ist von einer solchen Zerstörungwut wie der Mensch. Im Alten Testament wurden die Menschen von einer Krankheit geschlagen, von einer Hungersnot, einem Aussatz, heute werden sie geschlagen von ihrer inneren Leere.

Zwischen der Nachhut und dem vorrückenden Gegner lag Totenstille über dem Land, eine Leere, die unbeschreiblich war. Man hörte aus der Ferne nur noch vereinzeltes Geschützfeuer, hatte den Eindruck, als wäre das Land ein riesiger Bogen Löschpapier, der alles aufsaugt, jede Stimme, jedes Motorengeräusch. Ich sah durch das Fernglas am Horizont die ersten amerikanischen Panzer mit dem weißen, weithin leuchtenden Stern auftauchen. Das Land schien leer geworden, menschenleer, ein Raum ohne Kommandogewalt, nur aus der Ferne das mahlende Geräusch der Kettenfahrzeuge.

Eine tragische Welt, durch die wir gegangen sind, topographisch nicht mehr faßbar. Erinnerungen können stärker sein als die Gegenwart. Zwischen Wirklichkeit und Imagination die Brücke der Poesie, das Berühren der Seele mit dem Wort.

Aufleuchtende Samenkörner – so gewaltig ist die Grenze nicht zwischen Sein und Nichtsein.

9. April

Heute nacht war ein großes Sausen in den Bäumen, die Pappeln schwankten, die Laternen wiegten sich im Wind.

Nach einer Nacht voller Unruhe steige ich am Morgen auf das Fahrrad und fahre in Richtung der Monti Pisani. Die Dorfstraßen sind am frühen Morgen noch leer, wunderbar leer. Das Morgenlicht legt sich auf die hellen Kastanien, im Geäst der Pappeln jagen sich die Elstern.

Was ist es, das mich durch diese Landschaft treibt? Ich bin von neuem auf der Suche nach dem Lager. Vielleicht wurde es in dieser Gegend gebaut, hier, im Umfeld von San Giuliano, am Fuß der gelben Steinbrüche, oder lag es östlich von Cascina? Keiner der Dorfbewohner kann mir eine zufriedenstellende Antwort geben, alles scheint vergessen, irgendwo aufgehoben, nicht mehr auffindbar.

Die Gegend wird einsam, die Stille in der Landschaft nimmt zu. Eine mediterrane Flora, glänzende Blätter, stachlige Blattspitzen und über allem ein großer freier Himmel. Das Gras wächst kniehoch, wildes Buschwerk, da und dort ein kleiner Teppich aus weißen und gelben Blüten, wie eine ferne Ahnung trägt der Wind den Duft von Thymian und Lavendel über das Land. Vielleicht grünt heute dort, wo einst das Lager war, eine große weite Wiese, und die Singvögel haben sich im Strauchwerk eingenistet. Irgendwo hinter dem Vorhang dieser Stille muß es gewesen sein, eine Straße muß zu ihm geführt haben, zumindest ein Gehweg, der durch die Felder ging.

Mein Suchen ist sinnlos. Was läßt sich nach fünfzig Jahren durch die Auffindung eines solchen Ortes überhaupt noch mitteilen? Nicht viel. Die Flora ist dieselbe wie in Lucca, Pisa oder Florenz, sie wird sich kaum unterscheiden. Hinrichtungen hat es in diesem Lager nicht gegeben. Auf die Soldaten, die einst im Todeszelt saßen, wartete in Averso der Galgen. Nach fünfzig Jahren wird man von einem solchen Lager kaum noch etwas vorfinden, und sollte man eines Tages doch noch auf einen alten zusammengebrochenen Wachturm stoßen, dann ist es nichts anderes als eine Bestätigung dessen, was man lange schon gewußt hat. Die Zeit läßt sich nicht zurückdrehen, man muß sie neu denken.

Ezra Pound schreibt in seinen »Pisaner Gesängen«:

2 Hügel mit dem Arno, vermut ich, zwischen ihnen
küßte die Erde nach dem Schlafen auf Beton ...

Es gibt eine Grenze, die der Mensch nicht überschreiten kann, die Schicksalsgrenze.

Das Schicksal bewegt sich langsam auf uns zu, man kann es weder sehen noch hören, und doch gibt es Tage, wo es sich in deiner unmittelbaren Nähe aufhält. Keiner weiß, von welcher Seite es auf dich zukommen wird, man spürt, wie der Boden unter den Füßen zu schwanken beginnt, und plötzlich ist es da, steht vor dir auf und reißt sich die Maske vom Gesicht, alles, was sich in den Weg stellt, wird überrollt. Wer im Krieg Soldat gewesen ist, weiß, wovon ich rede. Es gibt Augenblicke, da glaubt man, das dunkle, mahlende Geräusch der Mühlsteine zu hören, die unser Leben zu Staub zermahlen. Das Kommende nähert sich immer mit geschlossenem Visier.

Der Mensch kann seinen Schicksalsweg verlangsamen, er kann ihn hinauszögern, wenn er genügend Voraussicht besitzt, aufheben kann er ihn nicht, auch dann nicht, wenn er sein Leben von heute auf morgen auf ein anderes Geleise stellt.

Den ganzen Abend tschilpten vor meinem Fenster die frechen toskanischen Spatzen.

11. April

Signora Marinetti kam heute in einer schwarzen Bluse mit einem schmalen weißen Spitzenkragen zur Hausarbeit. Wenn die Tage kalt und regnerisch sind, trägt sie einen dunklen Tuchrock.

Es gibt Tage, da höre ich die Signora im Garten ganz leise vor sich hinsprechen, obwohl sie allein von Baum zu Baum geht.

Lagebericht Wehrmachtsführungsstab:

Am 2. 8. wurden zwei Erklärungen veröffentlicht, wonach Florenz vom deutschen Oberkommando bereits vor geraumer Zeit zur »offenen Stadt« erklärt und dementsprechend mit ihren Einrichtungen von den Truppen in keiner Weise ausgenutzt worden sei. Ferner wurde bekanntgegeben, daß Pisa von den Truppen völlig geräumt, das Betreten des Schiefen Turmes untersagt und das Domviertel für jeden militärischen Verkehr gesperrt war.

Vierzig Tage wurde an den Ufern des Arno gekämpft, der Krieg ist über die Menschen hinweggegangen, hat nicht nach dem Alter des Kindes gefragt, er hat alles weggeräumt, was sich ihm in den Weg gestellt, für ihn gab es keine Überreste, für ihn hatten die Toten kein Gesicht.

Tagelang lagen die nördlichen Ufer des Arno unter amerikanischem Artilleriefeuer, aber auch im Umfeld des Domes waren mehrere Artilleriegeschosse explodiert. Der Luftdruck hatte die Fensterläden der Häuser aus den Verankerungen gerissen, die Vorhänge, halb zerfetzt, wehten im Wind, das Innere der Häuser war plötzlich sichtbar geworden, ganze Treppen hingen in der Luft.

Odysseus hatte Tag und Nacht den Mahlstrom der Skylla und Charybdis im Ohr, unsere Generation hörte Tag für Tag den Mahlstrom der amerikanischen Panzer. Wie oft mußten wir aus der Ferne zusehen, wie sich ein Panzer über dem Deckungsloch eines deutschen Soldaten um hundertachtzig Grad drehte. Was zurückblieb, war ein blutiger Klumpen Fleisch.

Für den einfachen Soldaten hatte die Militärzeit immer etwas Schäbiges, Glanzloses, man sah es den Männern an, daß sie verschlissen wurden.

Ich erinnere mich an die alte Stadtmauer im Norden von Pisa, die kein Ende nahm, an die Nächte, wenn der Vollmond über den Dächern hing, gespenstisch der Dom, das Battistero, der Schiefe Turm.

In der Nähe des Domes steht der Camposanto, ein rechteckiger Hof, umgeben von einem prächtigen Säulengang, die Wände sind mit Fresken bemalt. Eine Toteninsel inmitten der Stadt. Durch Artilleriebeschuß wurde 1944 das Bronzedach zum Schmelzen gebracht, das siedende Metall hat sich über die Fresken ergossen. Jeden Morgen traten die Gefallenen aus dem Morgennebel des Flusses, frierende Schatten, sie kamen auf mich zu, sahen mich an, blickten an mir vorbei in die Weite der Flußlandschaft.

In diesem Garten gab es keinen Vogelruf, nur an der Wand dieses unheimliche realistische Bild »Der Triumph des Todes«, gemalt von einem alten unbekannten Meister. Eine adlige Gesellschaft stößt auf dem Weg zur Jagd auf drei offene Särge, auf drei Leichen, die bereits am Verwesen sind. Eine unheimliche Spannung liegt über diesem Bild, man spürt das ratlose Schweigen der Menschen, vor ihren Augen tut sich ein Abgrund auf, vor dem sie zurückschrecken. Wer in die offenen Särge blickt, sieht, wie das Fleisch von den Knochen fällt. Selbst die Pferde stehen da und zittern, sie weigern sich, mit einem Satz über das Hindernis zu springen.

Die Stille vor einem Sarg ist bodenlos …

Der panische Gesang war lange schon tot, nur nachts, wenn von den Bergen die Windstöße über den Arno fegten, hörte man einen fernen Schrei, es war der Schrei der Angst, der über die schwarzen Wasser hinwegfegte, ein verlorener Schrei, der von keinem Menschen mehr gehört wurde. Wenn der Wind aussetzte, hörte man das Pfeifen der Ratten.

Irgendwo in den Bergen muß ein Wolkenbruch niedergegangen sein, gurgelnd stößt das Wasser unter den Arnobrücken hervor, eine Handbreit unter der Kaimauer.

12. April

Jeden Morgen, wenn ich bei meinem Spaziergang am Nachbargehöft vorübergehe, sind es die beiden Truthähne, die Streit mit mir suchen. Ich sehe, wie sie sich aufplustern, in

Kampfstellung gehen, sie richten ihre breiten, abgerundeten Schwanzfedern hoch, ihre blaßroten Wangenlappen verfärben sich, werden blutrot …

Aus welcher Richtung der Tourist auch immer kommt, sei es aus Lucca, Livorno oder Florenz, immer wieder überrascht ihn vor den Toren von Pisa ein in sich geschlossenes Bild: Er blickt auf eine fünfschiffige romanische Säulenbasilika aus weißem Marmor, auf einen schiefen Glockenturm, den Campanile, auf eine berühmt gewordene Taufkapelle, den Battistero, eine steingewordene Dreieinigkeit.

Ich habe den Besuch des Domes vom ersten Tag an hinausgeschoben, ich weiß selbst nicht, warum. Ich erinnere mich immer noch an das gelbe Mauerwerk der Klinik, als ich im Sommer 1943 auf der Malariastation lag. An den fieberfreien Tagen stand ich am Fenster und konnte hinüber auf den Domplatz sehen. In der Nacht, wenn die ganze Stadt verdunkelt dalag, stand der Dom geisterhell in der Luft.

Der heutige Tag war ein Glückstag, in einem kleinen unscheinbaren Antiquariat fand ich eine zweibändige Ausgabe von Giacomo Leopardi, in Halbleder gebunden, Paul Heyse hat die Gedichte ins Deutsche übertragen.

Leopardi hat zwei glückliche Jahre in Pisa verlebt, 1828 und 1829. Sein dichterisches Hauptwerk sind die Canti, einundvierzig Gesänge, geschrieben zwischen dem achtzehnten und achtunddreißigsten Lebensjahr. Aber auch Shelley, der Dichter mit dem blonden wehenden Haar, hatte sich in Pisa niedergelassen, Byron wohnte mit seiner Gefolgschaft im Palazzo Lanfranchi. Es war ihre eigene Welt, die sie am Arno zur Schau getragen. Es darf nichts zur Ruhe kommen, so lautete ihr erstes Gebot.

Im Gegensatz zu Byron und Shelley lebte Leopardi in Pisa äußerst unauffällig, ein Einzelgänger in geheimer Rebellion gegen seine Familie, gegen sich selbst, gegen seine Gesellschaft. Die Schuldlosen wurden ins Unglück gestürzt, und dort, wo man keine Schuld nachweisen konnte, sprach man von Sünde.

Es gibt sie nicht mehr, diese alten Cafés, wie ich sie aus meiner Vaterstadt noch kenne, auch nicht in Pisa. Es waren Orte der Stille, der Ruhe, fast konnte man sagen: Orte der Schweigsamkeit. Hier konnte man sich in Ruhe hinsetzen, trank einen Schwarzen, einen doppelten Wacholder, konnte nach einer Zeitung greifen, durch die großen, hellen Fenster hinaus auf die Straße sehen, aber auch in einer Ecke sitzen bleiben und zusehen, wie am Nachbartisch Schach oder Tarock gespielt wird. In diesen Cafés geschah das Unvorstellbare, die Menschen hatten noch Zeit.

In diesen Räumen war eine ungewöhnliche Stille, alles war gedämpft, con sordino. Die Worte der Menschen hoben sich gegenseitig auf, wie ein zarter Schleier hing über den Tischen der Rauch der Zigarren.

13. April

Ein bedeckter Himmel, Strichregen.

Von meinem Schreibtisch aus sehe ich hinaus auf einen schmalen Gartenweg, sehe ein Stück von der Hauswand, der Putz ist abgebröckelt, von Zeit zu Zeit höre ich das leise Singen des Windes.

Im Garten stehen ein paar Stangen für die Wäscheleinen. Die Erde um das Bauerngehöft ist leicht, locker, kein lehmschwerer Boden.

... hier könnte es gewesen sein, ein offener baumloser Landschaftsstrich, in der Nähe keine Häuser, keine Dorfstraße. Inmitten einer blühenden Wiese eine abgetragene Grundmauer. War es die Baracke der Lagerleitung, der Wachmannschaft? Am Wiesenrand die Wachtürme, »4 Riesen an 4 Ecken«, schreibt Pound. Vor dem Appellplatz die weithin tönende Glocke.

In diesem Lager wachsen keine Mandelbäume hoch, hier gibt es keine Palmen, keine Rosenstöcke, keinen Sold. Die Willkür ist groß, die Verfassung des Landes scheint außer Kraft gesetzt, jeder einzelne ist ein Gezeichneter.

In den Sommermonaten ist es die brennende Sonne, die

Mittagshitze, die den Gefangenen in die Knie zwingt, in den Wintermonaten der Hagel und sein Bruder, der Schnee. Hier gibt es keine Dienstgrade mehr, der Soldat ist nackt wie der Stein im Feld. Rings um das Lager ausgerollter Stacheldraht. Jeder Wachmann trägt eine Maschinenpistole, sie hängt schräg über der Schulter.

In diesem Lager begegnet man sich wieder, der Mörder, der Dieb, der Sexualverbrecher. Sie haben italienische Frauen vergewaltigt, waren fahnenflüchtig, wollten dem Krieg entkommen, tauchten unter wie die Ratten, sind eingebrochen in die Villen, haben geplündert, aus den Museen das antike Silber gestohlen, die römischen Münzen, aber auch der Soldat mit dem Kindergesicht, achtzehn Jahre jung, geht weinend die Zeltstraße entlang …

Es gibt Abende, da sitze ich im Wohnzimmer, und plötzlich fällt mein Blick auf einen Gegenstand, es kann eine aufgebrochene Amethystdruse sein, eine Blume vor dem Fenster, ein Strauch im Garten. Ich blicke die Blume, den Stein so lange an, bis die Dinge in mich eintreten, der Stein wird durchsichtig, die Blume beginnt in mir zu atmen.

14. April

Der Nachtwind hat ein Vogelnest aus den Zweigen gerissen und auf den Gartenweg geworfen. Das Genist ist mit Gras, Federn und Tierhaaren gepolstert, ein weicher Liegeplatz für Eier und Brut. Diese Vögel haben gelernt, Strohhalme, Blätter, Gras und Moos mit dem Schnabel zu verflechten und in den Baumkronen festzumachen. Die Nester sind Meisterwerke der Natur, hier wird gemauert, geschneidert, gewebt, getöpfert, eine Handwerkerinnung neben der anderen.

Auf der Piazza Francesco, unweit der alten Stadtmauer, steht die Predigerkirche der Franziskaner, eine gotische Klosterkirche aus dem 13. Jahrhundert.

Diese Kirche ist ein mächtiger, aber schmuckloser Backsteinbau mit einer hohen, weitschiffigen Halle mit Holzbalken, auf denen die Decke ruht. Sie erinnert mich in ihrer Kargheit an die alten protestantischen Dorfkirchen in Thüringen. Die gewollte Armut wird sichtbar, selbst das Licht, das durch das Fenster fällt, hat etwas von der Armseligkeit der Franziskaner.

Komm, sagen die Mönche, tritt ein, bei uns findest du immer noch einen Rest von Stille. Geh von Pfeiler zu Pfeiler, ganz langsam, keiner zwingt dich, ein Jäger zu sein. Komm, steig aus, wir lehren dich den langsamen Gang.

Auf dem Weg zum Lungarno gehe ich durch die Gartenanlage einer kleinen Villa. Ein geheimnisvoller Zauber breitet sich aus. Und plötzlich, zwischen den immergrünen Gewächsen, ein Celloton, ein Cellist übt bei geöffnetem Fenster die Suite Nr. 1 G-Dur von Johann Sebastian Bach.

Bei dieser fürstlichen Musik bricht keine wilde Tanzlust über den Menschen herein, jeder Tanzschritt ist voller Disziplin. Es ist ein Tanz ohne Rausch, ohne Ekstase, ich fühle, wie das Leben des Menschen im Tanzschritt ausruht.

Ein kleiner, streng komponierter Park, keine Gartenphantasie, alles ist architektonisch gedacht, ausgeführt, fast schon geometrisch die hohen Laubwände, keine verschwommenen Umrisse. Zwischen den immergrünen Gewächsen ein dunkler, elegischer Reiz, keine Schleifen, keine Spiralen, die Bäume sind geschoren, die Hecken geschnitten, geradlinig die Wege.

Ich erinnere mich an die Tanzende von Pisano ...

16. April

Ein Gefangener geht durch das Lager, keiner kennt seinen Namen, darf mit ihm sprechen, er muß sich seine Hosen mit den Händen festhalten, den Gürtel hat man ihm genommen, seine Schuhe sind ohne Schnürsenkel, es ist Ezra Pound, einer der bedeutendsten Dichter unsrer Zeit.

In den letzten Tagen des Krieges, April 1945, wurde Ezra Pound von den italienischen Partisanen verhaftet und in das berüchtigte Straflager der amerikanischen Armee bei Pisa eingeliefert. Sein Leben hat die ersten sichtbaren Risse bekommen, der Ausblick auf die Zukunft war verhängt. Der Lagerkommandant hatte Pound in das Todeszelt eingewiesen. Hier warteten die zum Tode verurteilten GIs auf die Hinrichtung durch den Galgen. Nachts hörte man von den Wachtürmen die Maschinengewehre hämmern.

Pound wird wie ein Schwerverbrecher behandelt, wie ein Attentäter, er, ein Angeklagter ohne Verteidigung. Er hat in seinem Leben weder einen Menschen getötet noch das Leben eines anderen bedroht, er hat sich keine fremden Besitztümer angeeignet, keine Frauen vergewaltigt, keinen Präsidenten ermordet, keine Handgranten in ein amerikanisches Offizierskasino geworfen.

Was war es also, das Pound in die Todeszelle gebracht? War es seine »unzeitgemäße Kritik an der amerikanischen Sache«, Roosevelt hätte die amerikanische Nation in den Zweiten Weltkrieg »hineingelogen«, oder war es seine Sympathie für den italienischen Faschismus? Pound sah in Mussolini einen Römer, der eine neue Staatsmoral geschaffen, einen römischen Diktator, der um der Wohlfahrt des Staates willen die Freiheit des einzelnen eingeschränkt. Nicht die handgreiflichen Gewinne zählten, es waren die alten römischen Tugenden, die er von Mussolini erwartete, jede staatliche Handlung sollte »fromm und gerecht« sein. Es gibt eine Blindheit im Leben des Menschen, die sich nicht ausloten läßt, auf die man keine Antwort findet, eine solche Blindheit muß über Pound gekommen sein, als er sich mit seinen Vorträgen im italienischen Rundfunk an die Seite Mussolinis gestellt, als er sich zu einem Anwalt der italienischen Faschisten gemacht hatte.

Woher aber kam sein Judenhaß, sein Antisemitismus? Wußte er nicht, daß die Juden schon seit Ewigkeit über die Erde gehen, über Jahrtausende haben sie den Strom der Geschichte an sich vorbeiziehen sehen, eine Geschichte, die zum Mythos geworden war. Die Juden haben sich selbst niemals in Frage gestellt, niemals selbst aufgegeben, sie waren von Anfang an da. Waren sie für Pound wirklich nur ein Fetzen der Geschichte, ein Überbleibsel? Pound hat durch seine Rundfunkreden am Massenmord der Juden teilgenommen, hat zur Verfolgung aufgerufen, auch wenn er selbst keinen einzigen Schuß abgegeben, er hat das Gebot »Du sollst nicht töten« auf andere Art und Weise verletzt.

Die Pforten zur Hölle werden vom Menschen aufgestoßen, nicht von Gott.

Eines Tages kommt die Schuld auch zu dir, sie wird dich aufsuchen, auch wenn dein Anschluß in keinem Telefonverzeichnis steht, sie wird bei dir anklopfen, wo auch immer du dich verbirgst, sie ist exterritorial, sie weiß um die menschlichen Verstecke, sie findet den Täter auch um Mitternacht. Manchmal geht sie mit einem Scheinwerfer durchs Land, manchmal brennt sie als Totenkerze und leuchtet weit über das Grab hinaus.

Die Schuld kommt von weit. Sie reibt sich ihr Gesicht nicht wie ein Hund an deinem Knie, sie kennt keine Unterwerfung. Sie kommt ohne Uhr, plötzlich tritt sie bei dir ein, sie hat ein langes Gedächtnis, auch der Papst kann dich von ihr nicht lossprechen, sie läßt sich nicht bestechen, keiner kann sie aus der Wohnung vertreiben, wenn sie sich einmal niedergelassen hat. Die Schuld kommt leise, wie auf Samtpfoten ...

18. April

Es war Ende der fünfziger Jahre, der Zweite Weltkrieg war lange schon vorbei, als mir mein italienischer Freund aus Forli die »Pisaner Gesänge« von Ezra Pound schenkte. Sie sind 1956 in einem Schweizer Verlag erschienen, eine zweisprachige Ausgabe englisch-deutsch.

Fast etwas hilflos stand ich in den ersten Tagen diesem labyrinthischen Werk gegenüber. Da war ein Abgrund an Gestalten, an sprachlichen Metaphern, chinesischen Schriftzeichen, es war eine Dichtung, die geheimnisvoll und verlockend zugleich auf mich zukam. Ich versuchte die einzelnen Verse laut zu lesen, bemühte mich, die poetischen Bilder zu entziffern, ganze Geschichtsepochen taten sich vor meinen Augen auf. Manchmal dachte ich, diese Gesänge hätte ein Wahnsinniger geschrieben, da war eine Bildanhäufung, ahnte das Chaos, das eines Tages auch hinter der Ordnung unseres Lebens aufbrechen kann. In diesen Tagen und Wochen begann für mich der Eintritt Pounds in mein Leben. In mir war ein Zustand grenzenloser Erwartung, ganz langsam begann ich die Größe und Schönheit dieser Dichtung zu begreifen.

In den kommenden Jahren habe ich so etwas wie Liebe zu den »Pisaner Gesängen« empfunden. Heute lese ich in diesem Werk meine eigenen Erfahrungen mit, meine Erinnerungen, hinter den gedruckten Worten steht für mich immer noch ein anderer Text. Eine Dichtung, fugenlos, voller Metaphern, spielerisch, verdeckt. Da ist ein Menschenschicksal, das mich zutiefst betroffen macht, das mich bis heute begleitet, wach hält.

Kurz vor Mitternacht, eine Sturmböe stößt das Fenster auf:

»Die ungeheure Tragik des Traums im gebeugten
Rücken des Bauern …«

Mit diesem Satz beginnen die »Pisaner Gesänge«, er gleicht einem Faustschlag mitten auf den Tisch.

19. April

Aprilstürme gehen über das Land. Der alte Bauernhof hat immer noch ein Dach gegen den Regen, ein Zuhause, wenn es vor dem Fenster stürmt und schneit.

Heute vormittag, als Signora Marinetti mit dem Staubsauger von Zimmer zu Zimmer geht, bleibt sie vor der Fotografie stehen, die ich mir vom ersten Tag an auf den Schreibtisch gestellt.

»Ihre Tochter?« fragt sie.

Da ich mit meiner Antwort zögere, sieht sie mich an und

sagt: »Ich kenne das, Erinnerungen, auf die man keine Antwort weiß.«

Auf der Rückseite der Fotografie, in der rechten oberen Ecke, steht mit zarter Handschrift ein Datum: Kremenez, 20. September 1943.

Eine Stunde später fahre ich mit dem Fahrrad auf einer schmalen Nebenstraße hinunter an das Ligurische Meer.

Eine baumlose Ebene, Vögel jagen heran, ein Elsternschrei, in diesen freien Räumen schießt schnell etwas zusammen. Es ist eine herbe Landschaft, vielleicht auch etwas öde, hier eine Furche, dort eine Ackerwelle, ein Kanal und immer wieder, wohin man auch blickt, die Ufer des Arno. Es gibt aber auch Orte, da hat diese Landschaft etwas Verlassenes, ein paar Buschinseln, eine zerfallene Gartenmauer, eine alte Kapelle im Meereswind, eine dunkelerdige Deltaniederung.

Thalatta! Thalatta! Das Meer, ein beschlagener Spiegel, riesig. Leib und Seele jubeln in mir auf, alles, was in einem Menschen atmet und lebt.

Wer wird auf unserer Erde den längeren Atem haben, das Meer oder die unsichtbare Glut im innersten Kern der Erde?

Barco Naturale – von hier aus kann man das Meer mit seinem Strand weithin überblicken. Der Sand ist blendend weiß. Ich sehe, wie Welle auf Welle den Strand überspült, mit zarten Linien überzeichnet. Jede neue Woge macht den Entwurf der vorhergegangenen Welle wieder zunichte. Ein formloses Element hinterläßt uns im Sand Netzzeichen, Linien, als hätte auch das Wasser so etwas wie ein lineares Bewußtsein. Wer mit seinen Gedanken in diese Formenwelt eintaucht, ist dem Schimmer der meergeborenen Göttin nahe.

Wer an der Küste zwischen Fiume Arno und Fiume Serchio spazierengeht, kann an manchen Tagen römische Galeeren sehen, die das Ufer entlangfahren.

In der Nähe der Küste dümpeln ein paar Segelboote, weiter draußen ankert eine Jacht.

Seit meiner Jugend treibe ich auf einem zerbrechlichen Segelschiff durch die Stürme der Zeit. Es ist ein alter Viermaster, ein Vollschiff mit dreiundzwanzig Segeln, man kann die Segelfläche entsprechend der Windstärke verkleinern oder vergrößern.

Meine Freunde auf dem Schiff haben alle ein System, um die Welt zu erklären, haben auf alles eine Antwort, scheinen alles zu verstehen, was im Leben an sie herangetragen wird. Ich gehöre zu den wenigen, die immer wieder Fragen stellen, die ohne einem eigenen Schlüssel nicht leben können. Systeme kommen, Systeme gehen, die Probleme bleiben.

Systeme sind Vorstellungen, sie malen uns die Welt mit ihren Farben aus. Je größer das Schiff, desto zerbrechlicher die Angriffsflächen. Jedes System führt eines Tages über sich selbst hinaus und wird abstrakt.

Die Menschen sind auch heute noch auf der Suche nach einem Schiff, das nicht sinkt, nach einem System, wo keiner mehr über Bord muß, wenn die Stürme einsetzen. Solange der Mensch sich nicht ändert, bleiben seine Systeme so, wie sie sind, Fortschritt und Widerspruch liegen in uns selbst.

Es ist ein später Nachmittag, ich halte Ausschau nach den Katzen. Wo sind sie geblieben, die italienischen Hauskatzen, groß, gutmütig, kein streunender Kater, der von Gehöft zu Gehöft geht und den Hauskatzen den Hof macht, auch die schönen, vornehmen Katzendamen, die ihren Wohnsitz in einem Landhaus haben, einer Loggia, sind unauffindbar, wie vom Erdboden verschluckt. Was mir fehlt, sind ihre weichen, sanften Schritte, der Blick, der aus einer unerreichbaren Ferne kommt.

Am Abend packt mich die Erinnerung, die Tür ist offen, Halina könnte jederzeit eintreten, Kremenez und kein Ende …

… Ezra Pound wurde nicht an einen Felsen geschmiedet, für den Lagerkommandanten war der Kaukasus viel zu weit entfernt, man hatte einen Gorillakäfig für ihn gebaut. Es muß ein gewaltiger Eisenkäfig gewesen sein, er stand mitten im Lager auf einem großen freien Platz und war von allen Seiten einsehbar. Drei schäbige Decken durfte er in den Käfig mitnehmen, eine Bibel und einen Band Konfuzius. Der Zementfußboden war seine Matratze. Nacht für Nacht wurde er von einem Scheinwerfer angestrahlt. Kein Soldat durfte mit ihm sprechen, die Administration hatte ausdrücklich angewiesen: Einzelhaft und Sprechverbot.

> … und war ein Duft nach Minze unter den Zeltplanen
> besonders nach dem Regen
> und ein weißer Ochse auf der Straße nach Pisa
> wie dem Turm zugewandt,
> dunkle Schafe auf dem Drillfeld und an feuchten Tagen
> Wolken
> am Berg als ob unter den Wachtürmen.
> Eine Eidechse gab mir Beistand
> die wilden Vögel aßen kein Weißbrot
> vom Taischan bis zum Abendrot
> Vom Carrara-Stein zum Turm …

Tag für Tag heizte die Sonne den Gorillakäfig auf, Tag und Nacht hockte Pound hinter den Eisenstäben, die Hitze trieb ihm den Schweiß aus den Poren, seine Augen schmerzten vom grellen Mittagslicht, nachts kroch die Kälte an seinem Rücken hoch. Um Mitternacht muß der Mond dem Lager ein gespenstisches Licht gegeben haben.

Monate mußte Pound in diesem Käfig hausen. In welcher Richtung ging sein Blick, sah er vom Lager hinaus in die Ebene oder auf das dunkle Grün der Monti Pisani? Stundenlang konnte er dem Flug der Vögel zusehen, er hat seine Stirn an die Eisenstäbe gepreßt, sah, wie das Gras in der Sonnenhitze verdorrte. Jeder Grashalm erregte seine Aufmerksamkeit, jeder Käfer, der über den Zementboden lief, gab ihm Beistand, vor seinen Augen sprang der Heuschreck hoch, die Eidechse lag mit atmenden Flanken in der Morgensonne. Er streckte seine Hand durch die Gitterstäbe, berührte die Erde, den Stein, das Tier. Es gab aber auch Tage, da hatte er nichts anderes zu tun als die Sandkörner zu zählen, die ihm der Wind in den Käfig trieb. Er sah vor den Eisenstäben die Gräser aufblühen, sah neben der haßerfüllten Administration das freundliche Gesicht eines Negers, ein Wachsoldat, der ihm aus einer alten Kiste einen kleinen Tisch gezimmert hatte, auf dem er schreiben konnte.

... sag du bloß niemand,
daß ich dir den Tisch gemacht hab ...
... die größte Nächstenliebe
findet sich bei denen, die Dienstvorschriften
nicht einhalten ...

Das Tageslicht hatte abgenommen, Dunkelheit lag über dem Zeltlager:

(Nur Schatten treten in mein Zelt ein,
dieweil Menschen vorüberziehen zwischen
mir und dem Abendrot)
hinter östlichen Drahtverhau.

Doch in der Nacht, hinter den Eisenstäben immer noch erkennbar, kauert ein Mensch (oder ist es ein Tier?) und wartet auf den kommenden Tag.

... die Einsamkeit des Todes kam über mich
(um drei Uhr morgens für einen Augenblick)

21. April

Seit den frühen Morgenstuden liegt ein fahles, bleiernes Licht über den Feldern, der Himmel droht, über den Marmorbrüchen von Carrara blitzt es auf ...

Die Stadtpläne von Pisa geben nicht viel her, gewiß, sie vergessen keine Straße, keinen Platz, auch der Arno ist gewissenhaft eingezeichnet, die Anlagen, die Kirchen und die Museen. Wer von den Außenbezirken in die Stadt kommt, findet sich früher oder später im Zentrum wieder, auf der Piazza Dante Alighieri, der Piazza della Republica. Man weiß um die mühenvollen Wege der Geschichte, doch man sieht sie nicht.

Ich weiß nicht, ob Pisa eine glückliche Stadt ist, wie Piovene schreibt, doch ich weiß, daß von Zeit zu Zeit der Wind den Geruch des Meeres in die Wohnviertel trägt. Für mich ist es eine offene Stadt, ein freundliches Gemeinwesen.

Die Harmonie des Domplatzes setzt sich aus drei unterschiedlichen Spannungsfeldern zusammen, die alles in einem wunderbaren Gleichgewicht halten: hoheitsvoll der Dom, für den Betrachter immer etwas auf Distanz, die architektonische Strenge des Campanile, das Baptisterium mit dem Camposanto. Wer genügend Zeit mitbringt, kann sich im Schatten des Domes in das grüne Gras setzen und den Eidechsen zusehen, wie sie sich jagen, wandauf, wandab. Im Hochsommer, um die Mittagszeit, beginnt die Luft über dem Kupferdach zu vibrieren, die Mauern scheinen zu beben, unter der brandenden Helle wird alles still.

Heute kann sich der Tourist den ganzen Dom mit seinen gewaltigen Säulen, den Bögen aus schwarzem und weißem Marmor und nicht zuletzt die vergoldete Kassettendecke in einem Bildband mit nach Hause nehmen. Auch die Kanzel des Giovanni Pisano, dieses marmorne Kunstwerk mit seinen figurenreichen Reliefs, liegt als Bildband in den Buchhandlungen. Hier fällt uns etwas zu, das sich unsere Großväter durch tagelange Arbeit mit dem Stift in der Hand schwer erarbeitet haben. Heute liegen die einzelnen Teile des Domes wie gestochen vor deinen Augen da, Dinge werden sichtbar, die ohne Objektiv im Halbdunkel der Kirche verlorengehen.

Die Fotografie vermittelt uns nicht nur die mächtige Weite des Domes, an die hundert Meter lang soll das Kirchenschiff sein. Die Hand greift nach den Säulen, die Plastizität der Bilder ist unvorstellbar, selbst der Stein beginnt unter der Beleuchtung zu atmen. Es ist die Linse, die uns heute die kleinsten Details heranholt, selbst das Staubkorn im Bart des Propheten wird wieder sichtbar.

Zum zweitenmal in meinem Leben stehe ich im Dom zu Pisa vor der Kanzel des Giovanni Pisano, uralte Bewußtseinsschichten werden lebendig.

Bei aller Leichtigkeit des Vollendeten ist die Kanzel von bezwingender Kraft und Schönheit. Alles ist harmonisch gedacht, durchgeführt, in der Ausführung streng zusammengehalten und auf ein und dasselbe Ziel bezogen, Reliefs aus weißem Marmor. Eine Schönheit, eine Vollkommenheit, die nur schwer zu ertragen ist. Dort, wo die Schönheit im Übermaß vorhanden ist, wird sie für unser Auge flüchtig.

Am Abend trage ich die Gedanken des Tages zusammen, ordne sie, hefte sie ab.

22. April

In den frühen Morgenstunden gehe ich durch die Wälder der Toskana in der Hoffnung, eines Tages dem Einhorn zu begegnen, ganz weiß soll es gewesen sein …

Die poetische Einbildungskraft, mit der Ezra Pound seine Cantos geschrieben, hat in den »Pisaner Gesängen« einen Gipfel erreicht. Es sind nicht mehr die alten Gesänge »Dem unseligen Mann, künftigen Menschen zur Kunde«, es ist unsere Gegenwart, die hier eine Antwort fordert. Diese Gesänge kommen aus dem Purgatorium unserer Tage. Der Himmel war den Menschen noch nie so fern und die Hölle noch nie so nah wie in dieser Dichtung.

In diesen Gesängen ist Pound nicht mehr auf der Rückfahrt von Troja nach Ithaka, er ist auch nicht mehr der Fürst, der bei den Göttinnen schläft, und doch kommt dieses Werk von weit her, aus der Antike, von dort hat es auch seine

Größe. Ein Orkan des Geistes muß über ihn hereingebrochen sein, in wenigen Monaten hat er diese elf Gesänge niedergeschrieben, aus dem Umfeld einer tiefen Depression heraus, einer drohenden Vernichtung.

Wie eine weithin sichtbare Festung stehen diese Cantos zur Verteidigung des Menschen da. Sie entfalten sich allmählich, nichts wird herausgehoben, nichts steht vereinzelt da, isoliert, die Vergangenheit wird lebendig, die Toten führen miteinander ein Gespräch wie auch die Ungeborenen. Pound bricht aus der totalen Verwaltung der Sprache aus, wird frei von den gesellschaftlichen Denkgewohnheiten, den Klischees, diese Gesänge sind der große Protest eines Dichters gegen das, was ist. Was dieses Werk so bedeutend macht, ist aber auch das Dokumentarische, das Nachprüfbare der Erlebnisse, obwohl Pound selbst der Leidtragende ist, tritt er als Mensch in den Hintergrund.

Ein solches Werk kann man nicht nach den nominellen Werten beurteilen, auch nicht nach den Maßstäben, die uns der Zeitgeist vorgibt. Wir wissen doch längst, daß alle Münzen, die die Geschichte in den Handel gebracht hat, niemals aus reinem Silber waren. Wie der Denker von Rodin, versunken, stumm, so sitzen wir auch heute noch vor der »ungeheuren Tragik des Traums im gebeugten Rücken des Bauern«.

Für mich haben die Gesänge nichts Chaotisches, sie sind verwirrend schön, man muß Geduld aufbringen und warten, bis sie zu uns sprechen. Pound hat die Welt seiner »Pisaner Gesänge« nur bedingt aus sich heraus gestaltet, er hat sie empfangen nach der »Art des Empfängers«, nur das, was in der Kunst empfangen wird, hat Bestand.

Beim Lesen der elf Cantos wurde mir bewußt, daß seine Wirklichkeitserfahrungen andere sind, der ruhende Mittelpunkt im All ist aufgehoben, die Handlungsabläufe sind für die Menschen aufschlußreicher als die ruhenden Objekte selbst, der Gesamtblick wird in Frage gestellt, die Kulturschicht, die wir ein Leben lang mit uns herumtragen, ist hauchdünn, darunter lauert das Grausame, Zerstörerische. Wir leben auf einem rätselhaften Stern.

Das Licht

»wie ein König
der irdischen Natur
ruft es jede Kraft
zu zahllosen Verwandlungen,
und seine Gegenwart allein
offenbart die Wunderherrlichkeit
des irdischen Reichs«

schreibt Novalis in seinen »Hymnen an die Nacht«. In den »Pisaner Gesängen« kann man lesen

»OMNIA,
alle seienden Dinge sind Lichter ...«

Ich frage mich, hat Pound in seinem Leben nie nach seinem Schicksal gefragt? War der Schicksalsgedanke für ihn verdeckt, das Zeitliche, das seine Wurzeln im Überzeitlichen hat? Hatte er nie den Wunsch, eines Tages seinem eigenen Schicksal gegenüberzutreten, diesem Unwiederholbaren, nicht Vertauschbaren? Schicksal hat immer auch etwas mit Bindung zu tun, mit Rückbindung.

Am Unsichtbaren bauen ...

23. April

Signora M. trägt heute ein helles rohseidenes Kleid, rohrfarben. Sie ist sorgsam frisiert, hat ein feines Profil, in ihrem Auftreten ist viel Gelassenheit. An manchen Tagen hat sie einen völlig abwesenden Blick, da macht sie sich den ganzen Vormittag im Garten zu schaffen, demonstrativ bleibt sie draußen vor der Tür.

Ich bin mit dem Fahrrad unterwegs, die Straße nach Pisa ist trocken, das Wetter läßt keine Schlüsse zu, ob es morgen regnen wird oder nicht. Die Reisebusse, die Tag für Tag durch das Land fahren, haben ihren eigenen Fahrplan. Sie kommen mit einem silbernen Gleißen auf dich zu. Keine Staubfahnen, im Rückspiegel eine Landschaft im Sonnenschein.

Ich kann bis heute nicht sagen, ob der Arno ein schöner Fluß ist oder nicht, ich habe ihn zum erstenmal im Krieg erlebt, in den frühen Morgenstunden, wenn der Morgennebel über den Wassern alles verhüllte, plötzlich das geisterhafte Auftauchen und Wiederverschwinden der Sturmboote.

Der Arno ist in dieser Landschaft mehr als nur ein Fluß, er ist Strom und Sprache zugleich. Er stürzt den Monte Falterona hinab, er wird durch das südtoskanische Hochland und durch die Pisaner Berge eingeengt, ehe er nach einem abwechslungsreichen Lauf in das Ligurische Meer mündet. Er hat keine breiten Wassermassen wie der Po, die melancholisch durch die Landschaft ziehen. Wer den Fluß heute entlanggeht, sei es am Lungarno Pacinotti oder auf der gegenüberliegenden Uferseite, am Lungarno Gambacorti, sollte daran denken, daß auf der rechten Uferseite Lord Byron gewohnt und auf der linken, einen Steinwurf weit flußabwärts, Shelley seine Elegie auf Keats Tod geschrieben hat.

Für mich hat der Arno etwas Geisterhaftes, zu seiner Geschichte gehören immer auch die Toten.

Ich sitze in einem kleinen abgelegenen Café am Lungarno. Ein älterer Herr versucht einem jungen Mann am Schachbrett die »Sizilianische Eröffnung« zu erklären. Über eine Stunde sitzen sie bereits vor den vierundsechzig Feldern, den zweiunddreißig Figuren, den schwarzen und den weißen Steinen. Es ist ein Spiel zwischen Himmel und Erde, das die Götter mit den Menschen hier spielen.

Die Gedanken der beiden Spieler sind für die kommenden Stunden auf schwarzweiß reduziert, auf einen bescheidenen geometrischen Raum, auf ein Quadrat fünfzig mal fünfzig Zentimeter. Auf jeder Seite stehen sechzehn Steine, da sind die Bauern, der Läufer, der Springer, der Turm, auch eine Dame ist im Spiel, ein König, zweiunddreißig Steine, vierundsechzig Felder, wahrhaftig ein königliches Spiel. Auf den

Feldern ist ein ständiges Auf und Ab, ein Hin und Her, die Bauern müssen die gegnerische Linie durchbrechen, für sie gibt es kein Zurück, der Turm bewegt sich immer nur auf einem geraden Weg, der Läufer schräg über den Platz, und dann der Rösselsprung, ein Feld geradeaus, ein Feld schräg. Einer der beiden Könige wird das Spiel verlieren, er muß keineswegs hinauf auf das Schafott, er behält seine Krone und die Dame ihr Abendkleid.

Die einzelnen Züge werden von den Spielern in höchster Konzentration vorausgedacht, man weiß aus Erfahrung, wie man dieser oder jener Konstellation begegnen muß. Zug um Zug, vorziehen, decken, ausweichen, schlagen, hier ein Hinhaltezug, nicht mehr, dort ein Abtauchen, manchmal spielt man auf Remis, doch die Eröffnungszüge sind immer dieselben. Es ist ein schweigsames Spiel ...

Ich weiß nicht, woher sie kommen, die Stunden der Trauer, sie überkommen mich, brechen in mich ein, und plötzlich hat das Leben keinen goldenen Rand mehr.

24. April

Es war kurz vor Mitternacht, als ich zu Bett ging, ich war sofort eingeschlafen und träumte einen absonderlichen Traum: Ich saß in einer Bibliothek an einem langen Tisch und ordnete den alphabetischen Katalog. Plötzlich kam meine Mutter auf mich zu und sagte: Im Nachbarzimmer wartet Halina auf dich. Ich stand auf und ging hinüber in den anderen Raum.

Halina kam in der schwarzen Kutte eines Franziskaners auf mich zu, um die Hüfte trug sie einen weißen Strick. Als wir uns gegenüberstanden, wollte ich ihr die Kapuze aus dem Gesicht streichen, plötzlich sah ich, daß Halina unter der Kopfbedeckung kein Gesicht mehr hatte, ich blickte ins Leere. Das Mönchsgewand fiel in sich zusammen und blieb zu meinen Füßen liegen. Erschrocken stürzte ich ans Fenster und schaute hinaus auf den Fluß. Was ich sah, war ein breites ausgetrocknetes Flußbett mit Sand und grauen Wackersteinen. Der Fluß, ein Symbol für das Leben, hatte aufgehört zu fließen.

Als ich erwachte, wußte ich, daß Halina auf dem Weg zu einem anderen Ufer war.

Wieviel Leben hat man gelebt, wieviel Masken hat man getragen, wieviel Rollen gespielt?

Die Maske ist mehr als Phantasie, sie ist die Überhöhung einer Wahrheit. Der Mensch wandert aus, läßt den Alltag zurück, das alltägliche Gleichmaß, den Gleichschritt der Zeit. Für einen Augenblick schließt man die Augen und läßt sich fallen. Keine Traditionslinien, die Bindungen sind zerschnitten, der Verstand setzt aus, der Mensch ist dem Zugriff uralter Mächte ausgeliefert, eine vorübergehende Heimkehr aus der Fremde. Das individuelle Schicksal wird abgelegt, das Grauen, das durch die Maske in uns lebendig wird, ist spürbar.

Der Mensch ist das einzige Wesen, das mit den unterschiedlichsten Masken leben kann. Das Tier kennt immer nur das Gesicht, das ihm von Anfang an mit auf den Weg gegeben ist.

Die erfolgreichste Maske des Menschen scheint die Maske des Narren zu sein, der Narr stellt sich gegen das Chaos, gegen die Leere, gegen das Nichts. Unter dieser Maske scheint die Zeit seit Jahrtausenden stillzustehen.

Der Mensch wird sein Schauspiel auf der Weltbühne nackt zu Ende spielen müssen. Das Drama, das heute auf uns zukommt, hat ausschließlich der Mensch selbst geschrieben. Die Schattenseiten in den Wissenschaften nehmen zu, die Politiker waren für die spirituellen Dinge des Lebens immer schon blind.

Es lebt etwas in unsrer Welt, das sich der wachsenden Spiritualität hartnäckig und unversöhnlich entgegenstellt. Überall dort, wo sich ein neues Denken abzeichnet, hängt an den Füßen ein Bleigewicht.

25. April

Die Bremsen haben sich auf seinem Hemd festgesetzt, auf seinem Handrücken, er sitzt da und läßt sie gewähren, er weiß, er kann die eisernen Stäbe im Gorillakäfig nicht aus der Verankerung brechen.

Noch einmal durch die Wälder gehen, wo die Luchse zu Hause sind, noch einmal von Rapallo bis nach Siena wandern, sich auf den Erdboden legen, unter den Augen der Madonna di Sotto gli Organi in den Himmel sehen und mit den Sternen reden ...

Wer zählt die einzelnen Stimmen in den »Pisaner Gesängen«? Pound hat sie alle bei ihrem eigenen Namen aufgerufen, Lukrezia und Mr. Joyce, Mallarmé, Whistler und Degas, Buxtehude und Sachs, Roosevelt und Churchill, aber auch die Huren, die Verbrecher geistern durch seine Texte, manchmal wirft er einen Schleier über die Dinge, manche Zeilen lesen sich wie ein spröder gregorianischer Gesang. Die homerischen Gesänge, das ruhige Fließen der Sprache ist lange schon vorbei, seine Worte treiben wie Schiffbrüchige durch das Meer, Bruchstücke, schwimmender Seetang, rätselhafte Zeichen. Wie eine Sturzflut müssen die Intuitionen über ihn hereingebrochen sein, leuchtende Wasser über dunkle Kristalle.

Die Schrecken des Lagers haben die schöpferischen Kräfte Pounds nicht aufgerieben, sie haben sie gestärkt, erweitert, vertieft, da war plötzlich etwas Neues, Kraftvolles in seiner Sprache. Er hat gegen alles rebelliert, was das Leben beleidigt. Der Künstler ist und bleibt ein Rebell, er leistet dort Widerstand, wo der Zeitgeist stagniert.

> Oh mein England
> daß Redefreiheit ohne Radiofreiheit gleich null ist
> und nur einen Punkt braucht bis Stalin
> du brauchst nicht, d. h. brauchst nicht die
> Produktionsmittel übernehmen;
> Geld, das bedeutet: geleistete Arbeit, innerhalb eines
> Systems, bemessen und notwendig

»Ich habe mit meiner Hand nicht unnötige Arbeit
verrichtet«
heißt es im Feldbuch des r.-k. Kaplans
(Vorbereitung zur Beichte)
grell wie Lerchen über den Todeszellen
der Militarismus schreitet nach Westen fort
»Im Westen nichts Neues«
Und die Verfassung steht in Gefahr
und auch dies nichts sonderlich Neues

Die Menschen von heute fragen nur noch selten nach den Folgen ihrer Tat. Ein freier Markt orientiert sich am Spiel der Börse, an den Finanzmärkten und nicht mehr an der Arbeit der Menschen. Da ist das Geld, das sich selbst verkauft, sich selbst vermehrt, das den Menschen immer wieder einholt, kein Staat weiß, wie er dieses Geld unter Kontrolle halten soll, Notbremsen, so sagt man, seien überall vorhanden, aber keiner weiß, ob sie eines Tages auch funktionieren. Die Zinswirtschaft mit ihren Krebszellen, den Metastasen, »der Geldumlauf ist ins Stocken geraten«, sagt Mr. Greenspan. Die Aktiengewinne stehen in keinem Verhältnis mehr zum Arbeitslohn, das Geld durchbricht die Schallmauer, überholt sich selbst.

Die Menschen von heute möchten alles an sich reißen, sie irren umher von einer Sinngebung zur anderen, sie trauen sich selbst nicht mehr über den Weg, ihr Gedächtnis ist kurz, das Urteil durchlöchert, sie leben von Improvisationen.

Ich hasse das Wortreiche, das Unverbindliche meiner Zeit, das Schamlose, das über unser Leben hereingebrochen ist. Was heute auf den Menschen zukommt, ist die Leere mit dem Gorgonenblick. Noch nie war der Ausdruck einer Zeit so flüchtig, die Vermessenheit so verantwortungslos. Eines Tages werden sie alle wieder auf uns zukommen, diese weggeworfenen Gesichter, an denen wir vorbeigegangen sind.

Was bleibt, ist der Geschmack des Fleisches auf der Zunge, Rinderwahnsinn, eine königliche Hochzeit im Norden, mit den Abfällen der Königstafel hat man sechshundert Bettler gespeist …

26. April

Ein Gewitterregen um Mitternacht, zwei volle Stunden rollte der Donner von den Bergen hinab in die Ebene, heulte der Sturm um das Gehöft. Die Atmosphäre am Morgen war ungewöhnlich klar und mild, Felder, Gärten und Wege regengetränkt, ein Jungbrunnen für das Grün der Wiesen, für die Blätter an den Bäumen. Eine wässerige Helle liegt über dem Land.

Signora Marinetti geht über die offenen Felder, sie hat kein Ziel, die Zeit drängt sie nicht, manchmal bleibt sie mitten auf dem Feldweg stehen, dreht sich um, legt die Hand über beide Augen, als würde sie nach einem unmittelbaren Begleiter Ausschau halten. Sie hebt sich durch die dunkle Kleidung vom Feldweg ab, steht in einem weiten leeren Raum, ein Mensch, der allein ist.

Der Reichtum des Menschen war in der Vergangenheit ein sichtbarer Schatz, man konnte Gold, Silber und Edelsteine mit den Händen greifen, das Unsichtbare, Gespensterhafte, das das Kreditwesen in seiner heutigen Dimension dem Kapital verliehen, erinnert mich an ein riesiges Höhlensystem, das unüberschaubar geworden und eines Tages durch seine Hohlheit in sich selbst zusammenbrechen wird. Dante hat sie verflucht, die blinde Habgier des Menschen, »La cieca cupidigia«.

Das zwanzigste Jahrhundert gehört zu den brutalsten Jahrhunderten europäischer Geschichte. Es war ein Jahrhundert der großen Kriege, der Atombomben, der Gulags, der Konzentrationslager, in keinem anderen Jahrhundert wurde die Menschheit so niedergemacht wie in diesem. Es war aber auch ein Jahrhundert der Widerstandskämpfer, der Partisanen, der Arbeiterpriester, ein Jahrhundert voller Zukunftsträume, Zukunftswarnungen.

Wenn ich heute das Wort Konzentration höre, denke ich an ein Konzentrationslager. Solche Gedanken gehören zu den fürchterlichsten Querverbindungen, die uns die deutsche Geschichte hinterlassen hat.

Es ist Abend geworden, ich sitze in einem Café mitten in der Stadt. Vor dem Fenster jagen sich die ersten Lichtreflexe, die Leuchtreklamen, und auf der Straße sind die Menschen ihrem vergangenem, Glück auf der Spur. Die Gleichgültigkeit nimmt zu.

Wer an der Oberfläche des Lebens bleibt, wird nur selten auf Widerstand stoßen.

27. April

Heute vormittag zeigte mir Signora Marinetti das Anwesen ihres Nachbarn, ein beachtlicher Besitz. Hier gab es einst eine Allee mit prächtigen Platanen, zweihundert Jahre alt sollen die Bäume gewesen sein, unter denen sie als Kind gespielt hat. Wenn ich am Küchenfenster stehe, sagt sie, sehe ich heute noch die Bäume links und rechts der Landstraße stehen. Es war ein kalter Winter damals, Kriegswinter, Zuteilungen fanden nicht mehr statt, jeder versuchte auf seine Art zu überleben. Eines Tages haben deutsche Soldaten die Doppelreihe der alten Platanen gefällt. Es waren die Bäume, unter denen Goldoni noch spazierenging.

»Die ungeheure Tragik des Traums …«, wie oft habe ich diesen Satz schon gelesen, wie oft habe ich zugesehen, wie die Menschen ihre Träume in einen Holzsarg gelegt und zugenagelt haben. Ich hatte den Eindruck, daß diese Träume immer noch atmeten, als man den Deckel über ihnen zuschlug.

»Im Traum erbaut das Bewußtsein eine eigene Wirklichkeit«, schreibt Eugen Gottlob Winkler in seinem Essay über Ernst Jünger. Mit offenen Augen muß der Mensch träumen. Das alles empfindende Sein dieser Erde träumt in uns fort. Und wenn in den Tiefen des Alls, hinter den Sternbildern ein Traum existiert, der unseren Wachträumen gleicht?

Lektüre. Auch in den Tageszeitungen der Toskana findet man Horoskope:

»Ihr Partner steuert einem Unternehmen eine gute Idee bei …«

»Sie können liegengebliebene Arbeiten im Beruf jetzt bequem erledigen ...«

»Eine günstige Vermögensänderung kündigt sich an ...«

Laß dein Schwert in der Scheide, die Menschen selbst haben den gordischen Knoten geknüpft. Es ist weder ein Raff- noch ein Pfahlknoten, auch kein Weberknoten, kein Timmerknoten, der gordische Knoten in unserem Leben ist die Habgier selbst.

An manchen Tagen denke ich beim Lesen der »Pisaner Gesänge« an die Goldberg-Variationen von Bach.

28. April

Ein großer, sanfter Wind kommt vom Meer her auf die Stadt zu. Der Himmel, ein Sonnenzelt über Pisa.

Ich bin auf dem Weg in die Bibliothek. Eine junge Dame, elegant gekleidet, mit zwei beigefarbenen Windhunden an der Leine, geht die Via Santa Maria entlang, an ihrer Seite ein junger Kavalier mit einer blauen Strähne im Haar. Am Orto Botanico bleiben sie stehen, der Mann lehnt sich mit dem Rücken an die Mauer, die Füße nach vorn gespreizt, und plötzlich erinnere ich mich an ein Gedicht von Montale:

in Modena, unter den Lauben,
zog ein betreßter Diener
zwei Schakale an der Leine

Ich erinnere mich an den Himmel über dem Arno, damals im Sommer 1943, als ich in Pisa auf der Malariastation lag. Mit welchen Augen habe ich damals die Stadt nur gesehen, es scheint, ich habe sie überhaupt nicht wahrgenommen. Heute ist der Himmel leer, keine Bomberverbände, keine Jagdflugzeuge, die Frühlingssonne füllt die Straßen der Stadt, Häuserschatten liegen quer über dem Gehsteig.

Es gibt Abende, da habe ich das Gefühl, als sei in den vergangenen Jahren nicht das geringste geschehen, keine Landung der Alliierten auf Sizilien, keine Radioessays von Ezra Pound über den italienischen Rundfunk, kein amerikanisches Straflager vor den Toren von Pisa, das alles habe ich geträumt, auch keine Vertreibung der Sudetendeutschen, ich bin heimgekehrt in meine alte Vaterstadt im Altvatergebirge, meine Mutter steht wie immer am Herd und legt die Semmelknödel ins kochende Wasser …

Draußen im Schwemmland der kalte Mond wie in den Jahren des Krieges.

29. April

Im Garten, zwischen den blühenden Blumen, plötzlich ein mittagsheller Schreck. In dieser flimmernden Helle kein Windstoß, und doch haben sich die Blätter bewegt, der panische Schrei hat sie aus dem Schlaf gerissen.

Je öfter ich die »Pisaner Gesänge« in die Hand nehme, um so schöner, wundervoller wird für mich das Gewebe der Worte. Es gibt in diesem Werk Stufen, Lebensstufen, sichtbare und unsichtbare, da liegt ein Zauber über den Zeilen, der Körper verliert beim Lesen der Gedichte seine Schwere, beginnt zu schweben, Poesie und Sprache werden eins. Wo hatte ich in der Vergangenheit nur meine Augen? Die »Pisaner Gesänge« gehören zu den hoffnungsvollsten Büchern meiner Zeit, keine Zeile wurde leichtfertig hingesetzt.

Nicht nur die Schatten treten ein in das Zelt, hier gibt es einen Luchs, der die Obsthaine bewacht, sein Sternbild steht am nördlichen Himmel. Es ist, als kämen diese Verse von weit her, aus der Antike, der Gegenwart entrückt. Jede große Dichtung entmaterialisiert die Zeit.

O Luchs, bewach diesen Obsthain,
Halt fern Demeters Furche

Diese Frucht hat inwendig ein Feuer,
Pomona, Pomona
Kein Glas ist lichter als diese Flammenkugeln
welch Meer ist lichter als der Leib
des Granatapfels, der die Flamme birgt?
Pomona, Pomona,

Luchs, behüte den Obsthain
der Melagrana genannt wird
oder Granatapfel-Feld
Das Meer ist nicht lichter azurn
noch die Meliaden, die Lichter bringen

Hier sind Luchse Hier sind Luchse

In den Zeilen des Luchses ist etwas Schweifendes und zugleich auch Bezauberndes. Diese Verse sind ohne Zeit, ohne Namen, sie wurden unter der Einsamkeit des Himmels geschrieben, beim Zuhören des Windes. In diesen Versen ahnt man den griechischen Wind, seine Weite, seine Herrlichkeit. Kein Sturm rüttelt an den Bäumen, die Früchte fallen ohne Windstoß zu Boden, die Tiere liegen in der Sonnenwärme, nur auf der Straße nach Pisa ein paar weiße Ochsen, in die Seele ist Windstille eingekehrt. Diese Gedichte haben die Schatten des Lebens aufgehoben, in helle Sonnenflecken verwandelt.

O Luchs, hüte meinen Weinberg
Wo die Traube schwillt unterm Weinblatt

Es ist ein Wein, den schon die Bacchantinnen ausgeschenkt haben, auch an den Ufern des Arno wachsen seine Trauben. Die Quellen sind rein, durchsichtig. Der Wein bringt den Menschen das Vergessen, die Wasser des Arno die Erinnerung, o Luchs, füll mir die Tage mit Heiterkeit …

Die Mythologie bricht im Menschen etwas auf. Die Frage nach der Zeit ist irrational, nicht zu beantworten. Man kann kein Licht in die Mythen bringen, sie selbst sind ein Teil des aufgehenden Tages. Wer die Mythen zerstört, zerstört sich selbst.

Später Nachmittag. Signora Marinetti sitzt unter einem Olivenbaum im Garten und liest. Es ist ein Gesicht, das nicht mehr altert, das immer da ist, wenn man es anschauen will, ein Gesicht ohne Schmerz, ohne Angst, aber auch ohne Freude, und doch füllt dieses kleine schmale Menschengesicht den ganzen Raum unter dem Olivenbaum aus.

30. April

Jeden Morgen, wenn ich die Fensterläden aufstoße, geht mein Blick hinüber zu den Marmorbrüchen. An manchen Tagen zieht eine weiße Dunstschicht über die Ebene, unterbrochen von den dunklen Streifen der Pinienwälder.

Breit und beherrschend liegt vor meinen Augen die Stadt, sie hat sich bis heute ein organisch gewachsenes Stadtbild bewahrt. In dieser Stadt geht man durch die Jahrhunderte, als wäre die Geschichte ein Kinderspiel. Jeder Palast hat seine eigene Vergangenheit, der Palazzo der Mediceer, das erzbischöfliche Palais, der Palazzo Agostini, die Loggia del Mercato. Es sind Paläste, die alles Laute ersticken, hier muß man nach innen horchen, die geheime Geschichte wächst immer von innen nach außen.

Nicht nur Siena und Florenz, auch Pisa hat sein Gewicht in die Waagschale der Toskana geworfen. Der Erhaltungstrieb war schon im frühen Mittelalter groß, da war die Gier nach Erweiterung, es gab Kastengeist, Hochmut, Anarchie und Raserei, es gab dunkle Taten, die dem Teufel zugeschrieben wurden, prachtvolle Leidenschaften und geistige Blindheit. Das Aschenkreuz auf der Stirn und die Geldbörse des Satans in der Tasche.

In der Nacht kann man auch heute noch die eisernen

Schritte der Wachmannschaft hören, die vor dem Portal auf und ab gehen, sie tragen ein schweres Kettenhemd, ein breites Schwert, den Dolch mit der Blutrinne in der Scheide. In den Gärten stehen die Bäume, die Taxushecken in einem tiefen dunklen Grün, geradlinig, als hätte man jeden Strauch mit Hilfe eines Lineals beschnitten, das Senkblei angelegt.

Wer ist durch diese Tore ein und aus gegangen, wer hat in diesen Sälen gefeiert, getafelt, getanzt? Woher kamen die Musikanten, die einst zum Tanze aufgespielt, wie war das Leben der einfachen Menschen, was wurde durch Gewalt zerstört? Es scheint, als hätte bis heute jeder Palast sein eigenes Geheimnis, man spürt, daß hinter diesen Mauern immer noch der Geist der Vergangenheit lebendig ist.

Die Mehrzahl der Touristen gehen heute mit verbundenen Augen an den Dingen vorbei, sie haben sich durch das viele Reisen an den Dingen satt gesehen, sie haben kein Verlangen mehr nach dem Hintergrund, sie Reisen aus Langeweile, schlagen die Zeit tot. Die Touristen, die heute durch Pisa fahren, wollen den Schiefen Turm sehen, mehr haben sie nicht im Sinn, sie sind müde geworden, haben das Staunen verlernt. Früher hat man sich noch Zeit gelassen für die Details des Fußbodens im Battistero, für die Bronzetür des Domes, heute ist viel Bequemlichkeit mit im Spiel, der Wille zur Zerstreuung dominiert, den Touristen werden vom Veranstalter die Wünsche an den Augen abgelesen, er braucht sich nichts mehr zu erarbeiten, er bleibt hinter den wesentlichen Fragen der Geschichte zurück.

Modenschau im Schatten des Turmes.

Auf dem Laufsteg werden die ersten Pfeile auf die Männerwelt abgeschossen. In dieser Sparte der Produktion wird ununterbrochen entworfen, kreiert, genäht, Tag und Nacht gibt man der Mode einen neuen Saum. Überall dieses changierende Leben, bald erheiternd, bald bestürzend. In diesem Beruf wird die Verschwendung großgeschrieben. Eine Formenwelt, die alles dem Schnitt unterwirft, der erotische Sinn spielt mit, Andeutungen reichen allein nicht mehr aus. Die

Modewelt ist zu einem Balzplatz geworden, wo allein die Hühner auf die Balz gehen und nicht mehr der Hahn. Es ist eine Welt, die nur sich selber einbringt, sich selber kennt.

Die Mode, der erste Schritt von der Bekleidung zur Verkleidung, das Spiel mit den Masken kann beginnen.

Der Abend bringt mir die Stille ins Haus. Überall könnte ich in diesem Land zu Hause sein, in der Toskana, in Umbrien, in den Abruzzen.

1. Mai

Am späten Vormittag geht die Signora von Fenster zu Fenster und schließt die Läden, damit die Kühle in den Räumen bleibt.

In der Küche liegt auf dem Tisch ein weißes, viereckiges Tischtuch, die Ränder sind mit Stickereien verziert, kräftige Bauernfarben.

Wer 30 Tage in den Todeszellen lebte
kann nichts von Todesstrafe halten
Keiner, der 30 Tage in den Todeszellen lebte
hält was von Käfigen für Tiere

Pound war in den letzten Monaten stark gealtert, seine Augen waren entzündet vom grellen Licht der Sonne, vom Staub, von den nächtlichen Scheinwerfern. Eines Tages brach er im Gorillakäfig zusammen, Diagnose: schwerer Sonnenstich. Er wurde in ein Einzelzelt überwiesen, Tag und Nacht stand vor seinem Zelt ein Wachposten, nachts wetterleuchtete es am Horizont.

Die Stockhiebe im Straflager wurden im neunzehnten Jahrhundert abgeschafft, keiner mußte mehr durch eine Menschengasse Spießruten laufen, dafür gab es die Züchtigung mit den zeitgemäßen Mitteln: Einzelhaft, Scheinwerferlicht, nächtliche Verhöre, Elektroschocks. Pound war entschlossen, das alles zu überstehen. Die tägliche Arbeit an den »Pisaner Gesängen« hat ihn über die Zeit gerettet, sie hat seinen Körper, seinen Geist und seine Seele widerstandsfähig gemacht.

Tag und Nacht saß Pound in seinem Zelt und hörte auf den Wind, der sich im schweren Geäst der Pinien verfing. Er war ein Gefangener der Zeit, ohne Ausblick auf die Zukunft, gefangen von seiner eigenen Vergangenheit. Das Summen der Fliegen löschte die Stunden aus. Es gab ein paar Taubenschwärme, die das Lager täglich aufsuchten, sie wurden von der Wachmannschaft mit Weißbrot gefüttert. Vor seinen Augen lag das Hellgrün der frisch gemähten Wiesen, das dunkle Blaugrün der Nadelhölzer, da war ein zarter bläulicher Dunst, der zwischen den Olivenbäumen hing, und in der Ferne, unter dem Blau des Himmels, das harte Weiß der Marmorbrüche.

..... der Weise
freut sich der Wasser
        der Erleuchtete hält Freundschaft mit den Bergen.

Eines Morgens sah man am Horizont keine Hügel mehr, der Nebel war über Nacht ins Land gekommen, die Landschaft ist blind geworden, auf dem Zeltdach glitzerten die ersten Schneekristalle. Die Tage kamen nicht mehr angeflogen wie ein wilder Vogel, keine Schmetterlinge setzten sich auf das von der Sonne aufgewärmte Zeltdach, es war der Totenkopf, der eines Tages, halb erfroren, am Zeltfenster hing.

Kommt Rauhreif nieder auf dein Zelt
Bist du heilfroh, wenn der Tag sich hellt.

2. Mai

An linken Ufer des Arno, am Westende der Stadt, jenseits des Ponte Solferino, erhebt sich auf einem Rasenplatz in aller Stille die Kirche San Paolo a Ripa d'Arno. Es ist eine dreischiffige Basilika aus dem 13. Jahrhundert, die Mauern sind aus weißem und blaßblauem Marmor.

Die Kirche hat eine prächtige Fassade, drei Säulenstellungen, über dem romanischen Portal die Säulengalerie. Jede Säule scheint für sich selbst dazustehen, eine Individualität, die das Ganze nicht aus den Augen verliert, uralte Erfahrungen werden in einer solchen Fassade lebendig. Es ist, als hätte sich der Marmor vom Himmel selbst die blaßblaue Farbe geliehen.

Während des Krieges konnte man in dieser Kirche um Mitternacht die Stimme des Vorbeters hören, der am Lesepult kniete. An manchen Abenden trug der Wind seine Worte bis hinaus auf die Straße.

Die abendländische Dämonie hat sich einen neuen Hafen gesucht: das geklonte Menschenbild.

Eine Ankündigung, die in den letzten Tagen durch die italienische Presse ging: US-Forscher Richard Seed will sich mit Hilfe seiner Ehefrau selbst klonen. Gloria Seed soll einen Embryo aus den Zellen ihres Mannes und der Eizelle einer Spenderin austragen.

Was erwartet ein Mensch, der sich selbst klonen will? Der letzte Schritt, der dem Menschen möglich ist: Er hat lang genug gelebt, genug gezweifelt, genug geirrt, genug geliebt, er will sich selbst noch einmal schaffen, noch einmal wiederkehren, genau so, wie man einst war, zehnfach, hundertfach. Alles soll sich noch einmal wiederholen bis in alle Ewigkeit. Hier ist das Original und dort die Wiederholung, der noch einmal aus sich selbst geborene Mensch. Er will die Schöpfung über den Haufen werfen, alles soll zur Doublette werden, er findet sich an seiner eigenen Seite noch einmal wieder. Da kommt ein Feuer auf uns zu, das nicht mehr wärmt.

Der geklonte Mensch kann bis ins letzte Haar seinem Vorbild gleichen, und dennoch bleibt der entscheidende Platz unbesetzt. Die seelisch-geistigen Felder eines Menschen, seine Energiefelder lassen sich nicht klonen, auch nicht die Fähigkeiten, die man in langen Jahren erworben hat. Das Ich im Menschen folgt einem anderen Gesetz. Man hat das Blatt vervielfältigt, doch der Text wird ein anderer sein, ein anderes Ich wird die Zeilen schreiben. Was sich nicht klonen läßt, sind die unterschiedlichen Schicksale, die verborgene Menschennatur, die geheime Geschichte. Kein Mensch kann seinen Schritt in die Schritte von gestern setzen. Wer hinausgeht ins Leben, wird stets ein anderer sein, wenn er heimkehrt.

Der Mensch von heute liest sich nur bedingt an seinen Chromosomen ab, an seiner DNS. Auch unter den Wissenschaftlern gibt es eine Besessenheit, ein Besessensein, das den Menschen in den Abgrund stoßen kann.

Abendlicher Spaziergang durch den Garten der Signora M. Aprilzart das Laub der Bäume, die Knospenstände sind grün-violett, ein zartes Kupferbraun leuchtet metallisch durch das Laub. Links und rechts des Weges Korbblütler, Blumenlippen, auf der Wiese läuten die ersten Glockenblumen. Am Rande des Gartens eine Kaiserlilie, die Fritillaria imperialis, sie erinnert mich an die alten Kaiserreiche in Persien.

Asphodelos. Was für eine Schwermut liegt allein in diesem Wort, da ist ein Schatten, der von Anfang an die Blume auf ihrem Weg begleitet. Wie eine dunkle Ahnung steigt es in mir auf ...

3. Mai

Vorbei, erledigt, keine Nachrichten mehr aus Rapallo, auch nicht aus Florenz, aus Venedig, keine Versprechungen, nur noch Trugbilder.

Ende 1945 wurde Ezra Pound in das St.-Elisabeth's-Hospital für kriminelle Geisteskranke in Washington eingeliefert. Die Administration hatte sich mit der Einweisung ins Purgatorium nicht begnügt, Pound mußte hinab in den siebten Ring der Hölle, in die Katorga des 20. Jahrhunderts. Jahrelang teilte er mit den Tobsüchtigen einen Krankensaal, mit gewalttätigen Irren einen fensterlosen Raum. Es war ein Leidensweg, der den »Aufzeichnungen aus einem Totenhaus« von Dostojewski gleichkam, einer Folter ohne Foltergerät. Einen Menschen dreizehn Jahre lang in eine Irrenanstalt einsperren, aus dem Leben ziehen, isolieren. Seine Dichtung wurde als Werk eines Irrsinnigen gebrandmarkt. Ein tiefer, undefinierbarer Haß muß seine Hände mit im Spiel gehabt haben, man hätte Pound am liebsten sterben sehen auf dem elektrischen Stuhl oder, wie die deutschen Generäle, stehend unter dem Galgen.

Für Pound war es Abend geworden, als der amerikanische Staat einem seiner größten Dichter 1958 die Freiheit wiedergab, er durfte nach Italien ausreisen. In seinen Akten steht: »unheilbar wahnsinnig, aber harmlos«. Pound war nicht schizophren, er war schizothym, hochempfindlich, zwischen diesen beiden Krankheitsbildern liegen Welten …

Lag im weichen Gras an der Felskante
die See 30 Meter darunter
und auf eine Handbreit, zum Greifen nah,
regsam
Kristallhärte, des Wassers Gegenteil,
hell über dem Geröllgrund
kein Flossenschlag
kein Delphin rascher in der Fahrt
noch das fliegende Blau des Flügelfisches
unter Zoagli
wenn er hochschnellt, leibhafter Pfeil
und die Wolken über den Fluren Pisas
sind ohne Zweifel so gut wie irgendwelche
auf der Halbinsel

4. Mai

Wieviel Wahrheit verträgt ein Staat, wieviel Wahrheit eine Demokratie?

Es gibt keine gerechten Kriege,
Herr Minister,
jede Armee lügt …

In den Morgenstunden ist alles von einem zarten lichten Blau durchdrungen, selbst der Schatten der Bäume hebt sich blau vom Erdboden ab.

Seit einer halben Stunde steht vor dem Gehöft ein dunkelroter Fiat, am Steuer sitzt ein junger Mann und wartet, ich weiß nicht, worauf, er hat das Radio lautstark eingeschaltet, Techno-Musik, das ganze Umfeld vibriert.

Diese Musik hat keinen Rhythmus, keine Melodie, sie lebt vom Takt, von einem dumpfen, motorartigen Pochen, als würde man gewaltige Bohlen in die Erde rammen. Diese Musik ist nichts anderes als eine seelenlose Motorik, Kälte kommt in mir auf.

Über den Motorhauben der Lastkraftwagen zittert in den Mittagsstunden die heiße Luft, man sieht, wie sie aufsteigt, sich kräuselt …

Der Schuhputzer von Pisa ist ein alter Mann, an die Siebzig mag er sein. Tag für Tag sitzt er mit seinem Holzkasten, den Bürsten, Flaschen und Tüchern am Gehsteig. Ein schneller Blick, und er weiß, wie man die einzelnen Schuhe auf Hochglanz poliert. Bleibt die Kundschaft aus, klopft er mit dem Holz seiner Bürste energisch auf den Stein, um die vorbeigehenden Menschen auf sich aufmerksam zu machen.

Der Schuhputzer vom Dienst läßt seine Kundschaft mitten auf dem Gehsteig bei sich eintreten. Der Kunde setzt den Fuß auf eine hölzerne Stütze, und schon beginnt die Arbeit, Bürsten und Tücher fliegen über die Schuhe hinweg, der Glanz nimmt zu. Es ist der Pisaner Staub, der die Schuhe blind macht, sagt der Alte. Menschen, die auf sich etwas halten, gehen nie mit ungeputzten Schuhen durch die Stadt.

Was Pound seinem Leser mit den »Pisaner Gesängen« in die Hände gegeben hat, gleicht einem Sprachgitter, da gibt es helle und dunkle Flecken, Schatten und Licht, Raster werden sichtbar, Konturen, Umrisse, da und dort eine Luftlinie, die Toten treten ein und wollen mit ihm sprechen.

6. Mai

Es ist einsam geworden um Ezra Pound, der Ruhm hat ihn eingeholt. Er ist über das Wort seiner Feinde hinausgewachsen, ist namenlos geworden wie die Weisheit eines alten Chinesen.

Wer war es, der diesem Dichter den Irrsinn eingab, er wäre gescheitert? Woher nehmen sich die Menschen das Recht, so etwas zu behaupten? Vielleicht findet er unter der Treppe des Palazzo Vecchio für den Rest seines Lebens doch noch ein Zuhause. Pound ist nicht gescheitert, ein Mann, der mit sechzig Jahren Konfuzius übersetzt, kann bei allem Irrtum, den das Leben für ihn bereitgehalten hat, nicht gescheitert sein. Hier hat sich etwas festgeschrieben, das man nicht so stehenlassen darf. Wer Neuland betritt, muß damit rechnen, daß es für ihn auch Tage gibt, wo er in die Irre geht. Gewiß, er war von einer Besessenheit, die ihn blind gemacht hat für gewisse Fakten des Lebens, verachtete das Maß, hat in seinem Leben wohl nie das Für und Wider abgewägt, er war apodiktisch und kategorisch zugleich. Der Weg zu einer lebendigen Weisheit blieb ihm versperrt. Wer zahlt heute noch die gerechten Preise, und haben nicht auch wir allzuoft als Wähler den falschen Wahlschein in die Urne geworfen?

Die ganze Menschheit ist für mich gescheitert, einschließlich ihrer politischen und ökonomischen Elite. Die Menschen zerstören durch ihre Habgier eine Welt, die uns die Luft zum Atmen gibt, das Wasser zum Trinken, das Brot zum Essen. Heute spricht keiner mehr für den anderen, jeder spricht nur noch für sich selbst. Wenn die Politiker noch bei einer Göttin schlafen würden, doch sie liegen an der Seite des Geldes und sind blind.

Wir tragen ein Wissen mit uns herum, das ohne Gewissen ist. Wir haben wissenschaftliche Erkenntnisse in Hülle und Fülle, was uns fehlt, ist die Weisheit, wir möchten den anderen Menschen überzeugen und sind doch selbst ohne Überzeugung. Das Klima verändert sich, auf allen Kontinenten vermehren sich die Sandkörner, gewaltige Wirbelstürme jagen über die Erdkruste, und mit dem Sturm kommen die Wasser. Wo ist es hin, das irdische Blau, das einst unseren Erdball umgab? Bei jeder Umdrehung knirscht die Erdachse, ein Seufzer geht durch das All. Diese Welt kann nur noch ein Wahnsinniger an sein Herz drücken.

Noch nie war unser Leben so zerbrechlich wie heute, unter den Sternen zeichnet sich eine Katastrophe ab. Der Mensch hat die Natur herausgefordert, ich höre, wie sich die Geister leise ordnen, ehe sie zum Sturmangriff übergehen. Obwohl die Temperaturen nur langsam steigen, fühlen wir bis in unsere Fingerspitzen die Bedrohung. In allen Dingen wächst verdeckt die Angst. Wir leben in einer vulgären, machthungrigen Gesellschaft, voll von einer hochmütigen Verlorenheit.

Mit einem Knall, nicht mit Gewinsel,
Die Stadt des Deiokes zu baun, mit Terrassen von der Farbe der Sterne.

7. Mai

Seit seiner Heimkehr nach Italien hat Pound der Welt den Rücken gekehrt. Er ging von Meran noch einmal nach Rapallo, von Rapallo nach Venedig, in eine Stadt, wo der Tod, für alle sichtbar, durch die Straßen geht.

Das Alter schenkte ihm die Gnade der Stille. Die Schatten, die ihn begleiteten, waren kühl und erfrischend. Der Tod hatte ihn umstellt, da war keiner mehr, der dem nächsten Besucher die Türklinke in die Hand gab, hier wurden keine Audienzen mehr vergeben, ein ganzes Zeitalter hatte sich ausgeschrieben. Die »Pisaner Gesänge«, ein Gestirn, das mich seit Jahren begleitet, immer noch überwältigend, verwirrend schön ...

Ich erinnere mich an Venedig. Ich habe mit dieser Stadt niemals etwas anfangen können, habe sie immer wieder links liegengelassen, wenn ich über den Brenner kam. Was mein Herz von Anfang an höher schlagen ließ, war nicht der über die Meere kommende Gesang, es zog mich hinüber nach Umbrien, von Orvieto nach Paestum, nach Kalabrien, nach dem Castell del Monte.

In Venedig steht die Zeit still, obwohl auf den Kanälen die Motorboote fahren. Diese Stadt hat von Anfang an ein Doppelleben geführt, halb Land, halb Lagune, hier ein Stück Orient, dort ein Stück Okzident. Ihr Geheimnis war von Anfang an gewollt, ein vorgetäuschter Zauber. In keiner anderen Stadt wurde mir der Verrat an der Demokratie so bewußt wie in Venedig, Demokratie als Maskenball.

Im Schatten dieser maskenhaften Schönheit tummeln sich die Ratten. Die Brücken, die zu den Palästen führen, sind morsch geworden. Das Wasser in den Kanälen ist immer in Bewegung, aber keiner kann mir sagen, wohin es fließt, es hat keine Richtung. Und wo sind die Bäume? Diese Stadt ist wurzellos, sie steht auf Pfählen.

Die Horizonte liegen draußen auf dem Meer, unerreichbar. Von dort kommen auch im Winter die Nebel, die Farben faulen langsam vor sich hin, das Licht verwittert, eine menschenverachtende Magie. Die Fensterplätze für die Hinrichtung sind alle schon besetzt.

Venedig, das ist der Abgesang, das ist Gloria und Agnus Dei. Das Meer nimmt alles in sich auf. Hier kommt kein Christus mehr über das Wasser. Steig aus, sagte die Königin der Meere zu mir, geh hinüber nach Umbrien zu deinem Franz, der mit den Vögeln spricht, für diese Stadt bist du nicht morbid genug …

Ehe ich meine Rückreise antrat, besuchte ich die Friedhofsinsel San Michele, ein blühendes Niemandsland, hier wurden keine Massengräber ausgehoben, an der Friedhofsmauer keine Partisanen erschossen.

Ich sehe, wie die alles vernichtende Zeit den Menschen schwermütig macht, hilflos. Wie langsam der Totengräber über den Friedhof geht, Schritt für Schritt, sein Blick geht geradeaus. Er hat einen eigenartigen Gang, obwohl es windstill ist, scheint er mit seinem ganzen Körper gegen etwas anzugehen, das für unsere Augen unsichtbar ist. Sein Oberkörper ist vornübergeneigt, so geht ein Mensch am Meer den Strand entlang, wenn er gegen den Sturm angeht.

Keine Feuerbestattung, in einer langgezogenen Steinwand Nische neben Nische, Grabmal über Grabmal, mehrere Stockwerke hoch, senkrechte Marmorplatten mit Namen, Geburts- und Todesdatum schließen die einzelnen Grabkammern ab. Wind, Sonne und Regen haben dem Stein eine milde Elfenbeinfarbe gegeben. Auch hier ist alles eng geworden, die Überbelegung nimmt zu, Raumknappheit.

Einen Steinwurf weit von der Friedhofsmauer entfernt liegt das Grab.

»Sieben Rosen hat der Strauch«, sagt Brecht, »sechs gehörn dem Wind.« Die siebte Rose habe ich Ezra Pound auf den Grabstein gelegt.

Am späten Abend schlug ich noch einmal die »Pisaner Gesänge« auf, lautlos öffnete sich vor meinen Augen eine Tür:

> Was du innig liebst, ist beständig,
> der Rest ist Schlacke,
> Was du innig liebst, wird dir nicht weggerafft,
> Was du innig liebst, ist dein wahres Erbe.

NACHTWACHE

Notwendiges
darf man auch zweimal sagen

Empedokles von Agrigent

14. Mai 1943

Ich bin seit Tagen mit dem Fernsprechwagen unterwegs, schaue in den Rückspiegel, in dieses große runde Glas, das neben der Windschutzscheibe herausragt. Ich bin bestürzt, wie klein die Menschen werden, wie schnell sie kommen und gehen, aus dem Spiegel heraustreten, wenn man mit achtzig Stundenkilometern die Straße entlangfährt.

Seit sechs Uhr früh fahren wir in der Kolonne: Lastkraftwagen, Zugmaschinen, Kettenfahrzeuge, schwere Flakgeschütze, Vierlinge, die Farbe der Fahrzeuge wüstensandgelb.

Die Landschaft liegt hinter einer Wand aus Staub, die Ortsschilder am Straßenrand sind kaum lesbar. Da und dort ein breites offenes Tal, Bauerngehöfte, Weingärten, dazwischen ein paar Felder mit halbnackten Kindern, stumme Tierblicke. Die Geschwindigkeit, mit der wir fahren, ist gering.

Das Blechdach über dem Fernsprechwagen ist von der Mittagssonne aufgeheizt, hinter der Windschutzscheibe staut sich die Glut.

Arno sitzt am Steuer, wir können uns kaum unterhalten, vor unserem Wagen rattert ein Kettenfahrzeug, in diesem Lärm geht jedes gesprochene Wort unter, die Ohren werden taub.

Eine namenlose Landschaft kommt auf uns zu, verkarstete Berge, neben der Straße wiederkäuende Schafe, Ziegen an den Berghängen, das Ackerland ist karg. Im Inneren des Landes dominiert ein bräunlichgelber Grundton, eine Felsenfarbe, ockergelb.

Hinter Salerno eine unüberschaubare Marschlandschaft mit Rindern, Schafen und Pferden. In der Ferne die Tempel von Paestum. Ich versuche die Entfernung mit dem Feldstecher zu überbrücken. Der große Tempel könnte der Poseidontempel sein, der kleinere die Basilika. Zwischen den Säulen schimmert der Meeresspiegel mit seinen satten Farben. Lichtreflexe.

Am späten Nachmittag ein kahle Berglandschaft, steil abfallende Küstenstreifen, vertrockneter Ginster, Buschwerk, an den Hängen breitet sich die Macchia aus, nur selten eine Pinie, eine Zypresse, der Blick verliert sich zwischen den Tälern.

Langsam kurven die Fahrzeuge hinauf in den Nebel, der sich bald wieder auflöst. Jeder Kilometer wird mühsam herangeholt. Neben der Straße Abstürze, hundert, zweihundert Meter tief. An einer Kehre ein Soldatengrab, auf dem Holzkreuz der Name: Helmut Raab, Uffz., geb. 21.6.1920, verungl. 6. Mai 1943. Ein schweres Flakgeschütz hatte die Schutzmauer durchbrochen und die Zugmaschine mit dem Fahrer in den Abgrund gerissen.

Am späten Abend erreichen wir ein hochgelegenes Tal mit einem Bach. Frische, körnige Luft. Zwischen Buchen, Fichten und Eichen schlagen wir die Zelte auf für die Nacht ...

Vierzig Jahre später finde ich in Goethes »Italienischer Reise« unter dem 16. März 1787 die folgende Eintragung: »In vierzehn Tagen muß sich's entscheiden, ob ich nach Sizilien gehe. Noch nie bin ich so sonderbar in einem Entschluß hin und her gebogen worden. Heute kommt etwas, das mir die Reise anrät, morgen ein Umstand, der sie abrät. Es streiten sich zwei Geister um mich.«

Die Freiheit, selbst zu entscheiden, wohin man geht, blieb uns damals verwehrt. Eines Tages, es war in Caserta, in der Kaserne der Carabinieri, hing am Schwarzen Brett der Befehl des Kommandeurs: Das Flakregiment 7 wird am 14. Mai 1943 von Caserta nach Sizilien in Marsch gesetzt.

15. Mai

Wir fahren einer Zugmaschine hinterher. Seit Stunden dieses eintönige Mahlen. Plötzlich bleiben wir stehen. Zweihundert Meter vor uns hat es einen Zusammenstoß gegeben, ein Kettenfahrzeug kam auf dem steinigen Pflaster ins Drehen, stellte sich quer, ein vollbesetzter Mannschaftswagen ist auf das Fahrzeug aufgefahren. Die Scheinwerfer sind zerbrochen, aus dem Kühler tropft Wasser.

Die Straße ist schattenlos, die Luft bleiern vor Hitze, kein Windhauch, der vom Meer herüberweht. Im Norden hat der Himmel ein schiefriges Grau, eine Gewitterwand.

Die tyrrhenische Küste ist felsig, steil. Gleich einem Vorgebirge stoßen die Berge hinaus in die See, weichen zurück, man sieht die Entschlossenheit, mit der sich der Fels gegen das Meer absetzt. Nur selten findet man zwischen den Bergen bebautes Ackerland: besonntes Elend.

Gegen Mittag der erste britische Fernaufklärer. Die Kolonne zieht sich auseinander, die Abstände zwischen den einzelnen Fahrzeugen werden größer, hundert Meter Zwischenraum und mehr.

Ein Kradmelder kommt uns entgegen. Der Staub hat sein Gesicht zu einer Maske gemacht.

Kalabrien. Kahle verkarstete Berge, gelbverbrannte Küstenstreifen, die Steinhänge knochenbleich. Die Ortschaften liegen auf den Bergrücken, der Sonne schutzlos preisgegeben. Wo beginnt hier der Fels, das Mauerwerk?

Kilometerweit ist die Straße in die Steilküste eingesprengt, man blickt hinunter auf die weißen leeren Strände, auf felsige Buchten mit einem Blau, das selbst den Himmel vor Neid erblassen läßt. Wenn der Wind aussetzt, hört man aus der Tiefe das Meer, wie es wütend gegen die Felswände schlägt.

Auf dem Straßenschild ein Name, den ich in meiner Schulzeit schon einmal gelesen habe: Cosenza.

Ich erinnere mich, vierzehn Jahre muß ich alt gewesen sein, als wir im Deutschunterricht ein Gedicht von August von Platen auswendig lernten:

> Nächtlich am Busento lispeln bei Cosenza dumpfe Lieder;
> aus den Wassern schallt es Antwort, und in Wirbeln klingt es wider.
> Und den Fluß hinauf, hinunter ziehn die Schatten tapfrer Goten,
> die den Alarich beweinen, ihres Volkes besten Toten.

Was wußte ich damals schon von Cosenza, und heute, wahrhaftig, fahre ich an den Mauern dieser Stadt vorbei. Doch die Busentowellen? Keine Goten ziehen mehr mit großem Gefolge die Küstenstraße nach Süden, vergessen auch die kaiserlichen Heerzüge der Hohenstaufen, aber an den Felswänden, im grellen Licht der Sonne, die Schatten unserer Lastkraftwagen, der Sturmgeschütze. Riesige Schlagschatten, drohend.

Gegen Abend die Ebene von Rosarno. Olivenwälder, die sich bis zum Gebirge hin ausdehnen, unübersehbar die Orangen- und Zitronenhaine. Auf den vorspringenden Landzungen kleine weiße Villen, die in den Felsen geschlagenen Stufen führen hinab bis an das Meer.

16. Mai

Villa San Giovanni. Keine Berge, keine Weingärten, vor unseren Augen ein grauer, vom Wind umspielter Strand und dahinter das Meer. Das also ist die Straße von Messina, stumpfgrau liegt sie da, schieferfarben, kein Schiff, keine Positionslichter, auch auf der anderen Seite der Meeresstraße, dort, wo Sizilien liegt, scheint alles tot.

Es ist drei Uhr früh. Die erste Fähre wird mit den Lastkraftwagen der Stabskompanie beladen, auch unser Fernsprechwagen steht mitten im Pulk. Eine Stunde später stoßen wir ab. Vorsichtig nimmt die Fähre den Weg aus dem Hafen. Das Meer liegt unbewegt, nur das leise Vibrieren unter den Füßen sagt, daß wir in Fahrt sind. Langsam gleitet das Festland hinter uns zurück.

Von der offenen See her weht ein kalter Wind. Im Osten hat der Himmel ein zartes kühles Grau, doch das Meer gleicht immer noch einer dunklen beschatteten Flut. In der Mitte der Meeresstraße wird die Fahrt unruhig, man spürt, wie die Fähre gegen die Strömung ankämpfen muß. Der Wind wird stärker, die Wellen, die schräg auf uns zurollen, sind dunkel, haben weiße Schaumkronen, schwappen über den Rand, werfen grüne glitschige Algen auf die Planken.

Gleißend tritt die Sonne hinter dem Horizont hervor. Die Nebelwand vor unseren Augen reißt auf, die Küste von Sizilien wird sichtbar, ein schmaler Streifen, gläsern, blau. Die Insel kommt näher an uns heran, baut sich vor unseren Augen auf. Langsam steigt die Stadt mit ihren weißen Kuben aus dem Meer, im Hintergrund die kahlen Höhenzüge, bleiern. Im Küstengewässer bunte Segel, an der Mole sitzen ein paar Männer und angeln, auf der Strandpromenade stehen Bäume in einem freudigen Grün. Die Luft, die vom Land herüberweht, ist von der Sonne aufgewärmt, doch auf der Zunge, ich weiß nicht, woher, ein salzig-bitterer Geschmack.

Fliegeralarm. Wir sehen sie ankommen, die viermotorigen Bomber, unter dem Dröhnen ihrer Motoren zerbricht der Himmel in lauter blaue Stücke. Sie fliegen in einem geschlossenen Pulk, schwerfällig, ein feiner Dunst spielt um die Tragflächen, ihr Rumpf hebt sich dunkel gegen den stahlblauen Himmel ab.

Noch ziehen die Bomber keine weißen Schleier hinter sich her, sie starten in Tunesien und haben über Sizilien die vorgegebene Höhe von zehntausend Metern noch nicht erreicht, noch sind sie verwundbar.

Wir aber stehen an der Mole und warten auf den Abwurf der Bomben, doch die fliegenden Festungen ziehen über Messina hinweg in Richtung Kalabrien, vielleicht sind es die rumänischen Ölfelder, denen heute der Angriff gilt.

Das Abwehrfeuer der italienischen Flakartillerie ist stark, der Himmel voller weißer Sprengwolken, mindestens fünf oder sechs Batterien müssen in den Bergen südlich von Messina ihr Feuer auf die Viermotorigen eröffnet haben. Das Dröhnen am Himmel ist so gewaltig, daß selbst das Geschützfeuer untergeht, es ist, als stünde man unter einer riesigen Glocke, und das Brausen in den Ohren wird immer stärker, bedrohlicher. Unbeirrbar ziehen die Geschwader nach Norden.

Zwischen den Sprengwolken der Flakartillerie plötzlich ein Blitz, eine Explosion. Regungslos stehen Arno und ich neben unserem Fernsprechwagen, starren hinauf in den Himmel und sehen, wie eine Tragfläche in einem langsam sich neigenden Bogen ins Meer stürzt. So also sieht der Fliegertod aus. Was von der fünfzehnköpfigen Besatzung übrigbleibt, ist ein einziger Fallschirm, der über der Wasserstraße langsam pendelnd niedergeht. Ein paar Sekunden später, der Verband hat die Südspitze von Kalabrien bereits erreicht, kreiselt eine andere Maschine um sich selbst, es sieht aus, als wollte der Pilot sie noch einmal auffangen, aber dann stürzt auch sie mit einer weißen Rauchfahne am Leitwerk schräg in die Tiefe.

Und plötzlich ist der Himmel über der Straße von Messina wieder leer. Obwohl die Bomber lange schon unseren Blicken entschwunden sind, haben wir immer noch ihr dunkles Dröhnen im Ohr.

Was über dem Meer zurückbleibt, ist die aufgebrochene Stille, die sich langsam wieder schließt.

Eine Jacht mit einem orangefarbenen Segel zieht hart an der Küste entlang, ein weißes Schiff vor einem dunklen Gestade ...

Ich erinnere mich, als ich zum erstenmal meinen Fuß auf die Insel setzte. Es war wie eine Rückkehr in eine uralte Heimat, als wären die Wesenszüge der Landschaft seit vielen hundert Jahren eingezeichnet in mein Ich.

Wie anders sind doch Goethe und Seume nach Italien gereist, »Italien ohne Sizilien macht gar kein Bild in der Seele: hier ist erst der Schlüssel zu allem«, lese ich in Goethes »Italienischer Reise«.

Und welchen Schlüssel gab uns Sizilien in die Hand, den Schlüssel zur Unterwelt? War es nicht Zeus, der einst diese Insel seiner Tochter Persephone geschenkt hat als Aussteuer zu ihrer Vermählung mit Pluto? Hatten wir vergessen, daß Sizilien, Pluto und der Hades seit mehr als zweieinhalbtausend Jahren zusammengehören, man kann sie nicht voneinander trennen, und wir mußten hinüber an das andere Ufer, zwanzigtausend Mann, eine ganze Division.

Der Mensch muß warten können, ausharren, bis ihm das Älterwerden den Blick auf gewisse Dinge freigibt.

Wenn man genügend Geduld hat, tritt eines Tages das gelebte Leben aus seinem reliefartigen Zustand heraus und wird Gestalt. Es ist nicht der Augenblick, dem man die volle Bedeutung zumessen soll, der Sinn zeichnet sich immer erst später ab, ordnet die Erlebnisse der Jugend dort ein, wo sie wirklich hingehören.

17. Mai

In den Abendstunden Abmarsch. Keiner kennt den Bestimmungsort, die einen reden von Catania, die anderen von Palermo, von Syrakus.

Was mich überrascht, ist die architektonische Regelmäßigkeit, die geometrische Klarheit, mit der man Messina wieder aufgebaut hat: breite Straßen, große rechteckige Plätze, niedrige Gebäude, keine Hochhäuser. Eine Konsequenz aus dem Erdbeben von 1908?

Vor fünfunddreißig Jahren wurde Messina durch ein gewaltiges Beben fast völlig zerstört. Hier muß es gewesen sein, wo die Flut sechs Meter hoch anstieg und die küstennahen Wohngebiete restlos verwüstete. Das Zentrum des Bebens lag in der Straße von Messina. Der Meeresboden senkte sich um einen halben Meter und zog die benachbarten Küstenstriche mit sich. Von den hundertzwanzigtausend Einwohnern der Stadt fanden achtzigtausend den Tod.

Die Straße ist kurvenreich, die Zugmaschinen mit den schweren Flakgeschützen kommen nur langsam voran. Die Scheinwerfer sind mit schwarzer Farbe abgedeckt, geblieben ist ein schmaler Streifen, ein spärlicher Lichtschimmer, wir fahren von einer Dunkelheit in die andere. Wir müssen in der Nacht fahren, am Tag sind die britischen Jagdbomber in der Luft und greifen alles an, was sich auf der Küstenstraße bewegt.

Kein Mond steht hinter den Wolken, dunkle Felsenmassen im Meer, plötzlich bricht von der See her ein gewaltiger Lichtkegel durch die Nacht, tastet die Straße hinter uns ab und erlischt.

Seit vier Stunden fahren wir mit abgeblendeten Scheinwerfern hinter einem vollbesetzten Mannschaftswagen. Was wir sehen, ist immer nur die dunkle Rückwand, filzig vom Staub, sind die schattenhaften Umrisse der Soldaten, die glimmenden Zigaretten, manchmal wird eine Pfeife ausgeklopft, dann sprühen die Funken.

Hinter Giarre bleiben wir vor einer Straßenkreuzung stehen. Aus der Ferne hören wir das immer stärker werdende Mahlen schwerer Panzer, dann rollen sie an uns vorbei, ein ganzes Regiment, die Luken sind geöffnet, die Antennen ausgefahren, es sind die Panzer der »Hermann-Göring-Division«. Zum erstenmal in meinem Leben spüre ich die Bedrohung, die von einer solchen Elitedivision ausgeht. Die Kommandogewalt bleibt unsichtbar, als käme sie von einem anderen Stern.

Nach einer halben Stunde ist die Straßenkreuzung wieder frei. Die Stille der Nacht dringt durch das geöffnete Fenster in die Fahrerkabine.

Marschpause. Das verspätete Abendbrot wird ausgegeben, Milchreis mit Aprikosen. Die Konserven mit der Blutwurst fliegen in den Straßengraben.

Catania. Auf der Hauptstraße kein lebhaftes Hin und Her, es ist weit nach Mitternacht, alles still, wie ausgefegt, die Fenster sind verdunkelt.

Was wir vom Wagen aus sehen, sind ein paar Brunnen, Gärten und Paläste, das ist der Schattenumriß des Domes, irgendwo muß auch die Villa von Bellini liegen, das Benediktinerkloster San Nicolo. Trotz der Dunkelheit kann ich erkennen, daß in dieser Stadt vorwiegend die Lava als Pflaster- und Baustein Verwendung fand, Catania liegt am Südfuß des Ätna.

Vor mehr als eintausendsiebenhundert Jahren hat ein Ausbruch des Vulkans Catania fast an den Rand einer Katastrophe gebracht, langsam wälzte sich die Lava auf den Stadtkern zu. Der Legende nach hat der Schleier der heiligen Agathe den Lavastrom zum Stehen gebracht. Wenn ich mich recht erinnere, diente Catania den Athenern als Operationsbasis gegen Syrakus.

Helligkeit kriecht am Horizont empor. Wir fahren auf einer Nebenstraße in das Innere des Landes. Kein Dorf, kein Haus, das Regiment rückt langsam in einen riesigen Olivenhain ein.

Absitzen. Unvorstellbar die Stille. Müdigkeit. Arno legt sich in das Führerhaus, er liegt da wie gefällt. Ich suche mir im hinteren Teil des Wagens zwischen Kabelrollen, Steigeisen und Feldfernsprechern einen Platz zum Schlafen. Die Bilder der Nacht ziehen an mir vorbei.

Kriegstagebuch des Oberkommandos der Wehrmacht:
Oberbefehlshaber Süd:

Italien:

In der Nacht zum 17.5. warfen Feindflugzeuge einige Spreng- und Brandbomben auf Ostia und beschossen den Wasserflughafen und Strandviertel mit Bordwaffen. Leichte Schäden, einige Verwundete. Gleichzeitig wurden Flugblätter über Rom abgeworfen.

18. Mai

In den Mittagsstunden erreichen wir das Zielgebiet, zwanzig Kilometer südlich von Catenanuova. Das Vorkommando weist uns in ein altes verrottetes Bauerngehöft ein. Es liegt hinter einem kleinen Olivenhain, ist wetterfleckig und seit

Jahren unbewohnt. Es sieht aus, als hätte es tagelang im Kampfgebiet gelegen und wiederholt seinen Besitzer gewechselt.

Wir gehen durch den verwilderten Garten. Das Gras steht hoch, Sträucher blühen in der erhitzten Luft, da und dort ein paar wilde Ähren mit langen Grannen, auch der Salbei hat sich eingefunden, der Lavendel, die Minze, am Rande des Gartens der flimmernde Schirm einer Pinie.

Das Haus ist aus Feldsteinen gebaut, mit Hohlziegeln gedeckt, an einigen Stellen leuchtet der Himmel durch das zerbrochene Dach. Die Fensterscheiben sind zerschlagen, die Wände ohne Mörtel, wenn man mit der flachen Hand über die Wand streicht, fühlt man den nackten Stein. Der Fußboden gebrannte Ziegel.

An der Gartenseite, zu ebener Erde, liegen zwei kleine Zimmer. In dem einen Raum steht ein alter wurmstichiger Tisch. Hier könnte man die Klappenschränke aufbauen, sage ich zu Arno, die Kabel durch das offene Fenster einführen, im Nebenraum, wo zwei verrostete Eisenbetten stehen, können wir schlafen. Obwohl das Haus seit Jahren unbewohnt ist, sind die Räume von einem starken trockenen Duft durchzogen. Hinter dem Gehöft liegt ein halbzerfallener Schuppen, groß genug für den Fernsprechwagen. Vor dem Fenster steht eine gewaltige Edelkastanie, in ihrem Schatten eine kleine Zisterne mit kaltem Wasser, trinkbar, wie uns der Unteroffizier vom Vorauskommando sagt. Auch hätte das Gehöft bereits im vergangenen Jahr einer italienischen Regimentsvermittlung als Unterkunft gedient.

Vor dem Gehöft läuft eine Steinmauer, sie ist mit Efeu überwuchert, der Mörtel zwischen den Steinen sitzt locker, ganze Stücke fallen heraus. Auf der Mauer sonnen sich die Eidechsen.

Hier läßt es sich wohnen, sagt Arno, wir liegen abseits der Stabskompanie, unauffindbar für den Beobachter aus der Luft, ein komfortables Quartier.

Am Abend beginnt es in unserer Villa lebendig zu werden, da knistert es im Mauerwerk, ein Fensterflügel bewegt sich greinend im Wind, auf dem Dachboden fängt es an zu rumoren, und durch das offene Fenster fallen zu Hunderten die Stechmücken ein. Wir holen uns die Moskitonetze aus dem Rucksack und spannen sie über den Eisenbetten auf.

Oberbefehlshaber Süd:

Italien:

Feindliche Luftangriffe auf:

Trapani (18. 5. nachmittags) mit 50 Bombern unter Jagdschutz. Schäden: im Stadt- und Hafengebiet, Einzelheiten fehlen. Deutsche Jäger schossen 10 Feindjäger und 3 Bomber ab, Flak einen weiteren Bomber. Pantelleria (18. 5. nachmittags) zweimal, dabei einmal mit rund 100 Flugzeugen. Bisher nur Schäden im Hafen gemeldet, Dampfer »Gismondi« in Brand geworfen. 9 Feindflugzeuge von Flak abgeschossen. Porto Empedocle (Nacht zum 18. 5.) geringer Schaden, keine Verluste. 4 Feindflugzeuge von Flak abgeschossen.

Ortschaften und Eisenbahnzüge in Sizilien und Kalabrien mit Bordwaffen angegriffen.

20. Mai

Seit Tagen sind wir mit dem Fernsprechwagen unterwegs, Leitungen werden gelegt, Verbindungen aufgebaut, Feldfernsprecher angeschlossen.

Die Kabelrolle auf dem Rücken, so steige ich die Hügel hinauf und wieder hinab. Arno wirft die Drähte mit Hilfe einer Gabel in die Kronen der Oliven. Die Sonne schießt uns ihre Pfeile in den Nacken, die Hemden sind dunkel vom Schweiß. Nach einer Stunde wechseln wir die Last. Arno schiebt seinen Arm ganz langsam durch den breiten Tragegurt; eine solche Kabelrolle wirft man nicht mit einem einzigen Schwung auf den Rücken. Ich helfe ihm beim Aufstehen. Nun lasse ich den Draht durch die Hand laufen.

Am späten Nachmittag liegt die letzte Leitung, sämtliche Batterien sind telefonisch zu erreichen, die Regimentsvermittlung steht. Ein Gewirr von Drähten, Kabeln, ein Nervensystem, das sich über viele Quadratkilometer ausbreitet.

Einen Flintenschuß von uns entfernt hat sich der Regimentsstab einquartiert. Kein Mensch würde vermuten, daß sich in einem so kleinen unscheinbaren Haus der Gefechtsstand eines ganzen Regimentes verbirgt. Was man von außen sieht, sind ein paar Telefondrähte, die im Schatten einer Gartenmauer entlanglaufen, durch die Kronen der Olivenbäume schwingen.

Am Abend kommt so etwas wie Nebel auf, ein zarter dunstiger Schleier, die Berge treten zurück. Im Fernglas zeigt der Ätna eine dünne Rauchfahne …

Sechs Jahre lang war ich als Nachrichtensoldat unterwegs, kenne die Straßengräben in Polen, der Ukraine, auf Sizilien, immer wieder habe ich Telefondrähte gelegt, mit der Gabel hinaufgeworfen in die Kronen der Bäume, Tag und Nacht hatte ich die verfluchte Kabelrolle auf dem Rücken oder vor dem Bauch. Wer weiß, wie viele Kilometer Draht ich in diesen Jahren verlegt habe, es muß in die Hunderte gehen.

Ich möchte die Summe jener Orte ziehen, an denen ich während des Krieges eine Vermittlung aufgebaut habe. Es kommt mir nicht auf die Anzahl der Städte an, auf die einzelnen Bunker, die Stellungen im Wald, die beschlagnahmten Villen, die feuchten Kellerlöcher mit den Ratten, nein, es kommt mir auf die Bruchstücke an, die Mosaiksteine des Lebens, die man zusammensetzen muß.

21. Mai

Zwei Monate lang haben wir in Caserta in einer alten Kaserne gehaust, zwanzig Betten in einem einzigen Raum, und plötzlich dieses Gehöft, diese Abgeschiedenheit, diese Ruhe. Das idiotische Gebrüll der Unteroffiziere auf dem Kasernenhof gehört der Vergangenheit an, dieses Auf-Vordermann-Gehen, das tägliche Abzählen mit der ruckartigen Bewegung des Kopfes nach links. Alles, was uns hier umgibt, der Garten, das Haus, die Wände, müssen wir neu in Besitz nehmen; wir haben verlernt, in solchen Räumen zu wohnen.

Arno und ich haben an der Ostfront Freundschaft geschlossen. Er kommt aus dem Ruhrgebiet, ein strenggläubiger Katholik, glaubt auch heute noch an die Gotteskindschaft, die dem Menschen mit auf den Weg gegeben ist. Er hat ein starkes Gefühl für das Unbewußte, gehört zu den wenigen Soldaten, auf die man sich verlassen kann, er steht zu dem, was er sagt.

Gerhard ist erst vor wenigen Tagen zu uns gestoßen, er ist neunzehn Jahre alt, klein, schmächtig, von Kindheit an etwas kurzsichtig. Bei der Rekrutierung hatte man zu ihm gesagt, als künftiger Nachrichtensoldat müsse er mit seinen Augen sowieso nicht über Kimme und Korn gehen. Er ist in seinem Wesen etwas schüchtern, zurückhaltend, ein stiller Kamerad, voller Unsicherheit, voller Angst.

Nach dem Mittagessen wird das Gehöft getarnt. Da ist das lange gelbe Schilf aus dem Flußbett für den Fernsprechwagen, da sind die Zweige der Oliven, der Pinien, mit denen wir die Deckungslöcher abdecken, alles, was von oben her den Jagdbombern einsehbar ist, wird verblendet.

Der Kommandeur, Major von Treptow, ist ein Fanatiker der Tarnung. Der ganze Stab ist wie vom Erdboden verschwunden, auch die Stabskompanie, die Feldküche, man sieht keine Zelte, kein herumstehendes Fahrzeug. Die Soldaten müssen sofort in Deckung gehen, wenn ein feindliches Flugzeug den Horizont heraufkommt.

Abendspaziergang. Das Gehöft liegt auf einem breiten langgezogenen Hügelrücken. Das Tal, in das wir hinabschauen, ist tief in die Landschaft eingeschnitten. Es mag eine Wegstunde breit, zwei Wegstunden lang sein. Auf der gegenüberliegenden Bergseite aufsteigende Mandelhaine, mit wachsender Höhe der nackte Stein, Felsgewirr. In langen Serpentinen führt eine Straße den Berg hinab.

Das ganze Tal gleicht einem riesigen Garten, Orangen- und Zitronenhaine, dazwischen die Kanäle, in denen das Wasser Abend für Abend den Wurzeln der Bäume entgegenfließt. In der Mitte des Tales ein unüberschaubarer Olivenhain, Feigenbäume und Pfirsichplantagen, da und dort ein flaches Gehöft, brauner Bruchstein, dazwischen ein paar Wohnhäuser, weiß gekalkt, helle Punkte in der Landschaft, die sandbraune Farbe des Bodens dominiert.

Am Ausgang des Tales, wo die Obstplantagen abbrechen, der harte Kontrast: Felshänge.

Oberbefehlshaber Süd:

Italien:

Am 21. 5. griffen starke Kampfverbände Stadt und Hafen San Giovanni (gegenüber Messina), Flugplatz Reggio sowie Flugplatz Sciacca (Sizilien) mit z. T. großer Schadenwirkung an.

22. Mai

Der Tag ist noch jung. In der Ferne ein paar Nebelfelder, satte grüne Flächen, die Zypressen stehen dunkel herein.

Seit sechs Uhr früh sitze ich am Klappenschrank. Wenn eine Klappe fällt, in die Leitung gehen, sich melden.

Dora I.

Verbinden Sie mich mit Nordpol.

Nordpol ist besetzt, bitte warten.

Gegen acht Uhr die ersten Meldungen: Verpflegungsstärke, Krankenstand, Benzinbedarf. Ich höre, wie der Regimentsschreiber die einzelnen Sätze wiederholt. An manchen Tagen gibt es Störungen, da fällt das eine oder andere Wort aus. Es gibt aber auch Meldungen, die werden von den einzelnen Batterien verschlüsselt durchgegeben.

Gegen zehn sind sämtliche Leitungen besetzt, das ganze Regiment scheint zu telefonieren. Nach dem Mittagessen, wenn die Hitze ins Land kommt, tritt Ruhe ein, es ist, als wäre das gesamte Telefonnetz in sich zusammengebrochen. Erst in den Nachmittagsstunden, gegen sechzehn Uhr, eine steigende Kurve, es sind die Gespräche zwischen dem Regimentsstab und der Division, in die man sich einschalten muß, ganz vorsichtig, damit es in der Leitung nicht knackt.

Bei diesen Gesprächen erfährt man so manches aus erster Hand:

Der verantwortliche Heereskommandeur auf Sizilien ist General Guzzoni, er kommandiert die 6. italienische Armee. Es sind zehn Divisionen, sechs Küstenschutz- und vier mobile Divisionen. Guzzoni befehligt offiziell auch die deutschen Einheiten, die »Hermann-Göring-Division« im Südosten der Insel und die 15. Panzergrenadier-Division im Westen Siziliens.

An der Wand hängt eine Landkarte von Sizilien, bejahrt, schon etwas sporfleckig. Ich habe das Blatt in einem Antiquariat in Caserta erworben. Es ist auf das feinste gestochen, stammt aus Stielers Handatlas, gedruckt 1822.

Plötzlich wird mir bewußt, daß die Insel die Form eines riesigen Dreieckes hat, sie erinnert mich an den pythagoreischen Lehrsatz: im Norden die große Kathete mit den Städten Palermo und Cefalù, im Osten die kleine Kathete mit Messina, Catania und Siracusa, im Südwesten die Hypotenuse mit Gela, Girgenti und Selinunte.

Kein Wunder, daß Archimedes in Syrakus geboren wurde. Auf einer solchen Insel muß man, ob man will oder nicht, zu neuen geometrischen Erkenntnissen kommen: das Verhältnis des Zylinders zum Kegel.

In den Nachmittagsstunden kommt aus dem Garten ein starker aromatischer Duft. Ich gehe vor das Haus. In der Nähe des Fensters steht ein verästelter immergrüner Strauch. Er hat grauborkige Zweige, schmale, fast nadelförmige Blätter, ihre Unterseite ist grau, filzig. Die Blätter stehen über Kreuz, gegenständig. Ein Rosmarinstrauch, er wächst auf Sizilien wild. Es sind die Blätter mit ihren ätherischen Ölen, die unter der Sonneneinstrahlung kampferartig duften.

Oberbefehlshaber Süd:

Italien:

Tagesangriffe der feindlichen Luftwaffe am 22. 5. auf Sizilien: Campobello (35 km südostwärts Agrigento) und Menfi

(15 km nordwestlich Sciacca). Keine Schäden, 9 Tote, 3 Verletzte. Flugplätze Gela (Südküste) und Castelvetrano (33 km ostwärts Marsala). 3 Feindflugzeuge abgeschossen. Raum Trapani (Flugplatz Chinisia 15 km südlich Trapani und Umgebung Kriegshafen). Auf Flugplatz rund 3000 Splitterbomben abgeworfen, zahlreiche italienische Flugzeuge getroffen. Es wurden über italienischem Gebiet 23 Flugzeuge abgeschossen.

24. Mai

Der Ätna ist ein gewaltiger Berg, der durch seine Höhe den ganzen Ostteil der Insel beherrscht. Er hat sich zu allen Zeiten ins Blickfeld der Menschen gesetzt, schon vor dreitausend Jahren haben die Seefahrer vom Meer aus seinen Gipfel begrüßt. Auf einer Grundfläche von mehr als hundert Quadratkilometern erhebt sich mit mäßigem Anstieg die konische Gestalt des Vulkans, der in seiner ausholenden Wucht und Weite kaum seinesgleichen in Europa kennt. Da ist nicht nur Masse, da ist auch Form, Gestalt. Ruhig und gelassen geht das Auge auf der Schräglinie nach oben, bis hinauf zu den Schneefeldern: Aufgipfelung und innerer Absturz.

Vielleicht sind dort oben die Luftgeister zu Hause, und die Schicksalsvögel überfliegen den Abgrund.

Ich bin immer wieder fasziniert, wenn die Spitfire anfliegen, vergesse die Gefahr. Das Motorengeräusch ist von einer steten hämmernden Präzision, silbern in der Morgenstunde der rotierende Lichtkreis der Propeller. Doch wenn die Jagdbomber über das Gehöft hinwegrasen, dann ist ein Dröhnen in der Luft, das den Ohren weh tut, es ist fast wie etwas Festes, Materielles, das plötzlich auf den Körper einschlägt: Hagelkörner.

Für den Piloten ist die Landschaft nichts anderes als ein riesiger Sandkasten, da gibt es Häuser, Straßen und Bäume, Weinberge, Obstplantagen, das Land ist aufgeteilt in Parzellen, in Vierecke, es gibt Gärten mit Mauern, manchmal kommt die Erde bedrohlich nah, graue Ziegeldächer, eine

Kirche, ein Marktplatz, und das alles wird zur Schau gestellt, die Landschaft rollt sich vor seinen Augen auf, bringt alles ein, was auf der Karte eingezeichnet ist. Ein Tritt auf das Fußsteuer, Kurve, das Flugzeug legt sich schräg, die Landschaft steigt an der Seite hoch, weiße Villen, Pinienwälder, je höher das Flugzeug steigt, um so kleiner, nichtssagender wird das Leben, die Erde verliert ihre Farben, ihre Formen, verbirgt sich unter Wolken, sie legt keinen Wert mehr darauf, aus dieser Höhe gesehen zu werden, der Pilot hat mehrere hundert Quadratkilometer Himmel über sich, mehr Himmel als Erde, manchmal reißt die Wolkendecke auf, dann sieht er das Meer, das Gebirge …

Wenn ich mir die Landkarte von Sizilien heute auf den Tisch lege, ich habe sie durch Krieg und Gefangenschaft hindurch gerettet, steigen ganz andere Gedanken in mir auf. Ich erinnere mich an Goethes Eintragung vom 26. März 1787: »Sizilien deutet mir nach Asien und Afrika, und auf dem wundersamen Punkte, wohin so viele Radien der Weltgeschichte gerichtet sind …«

Ich sehe sie auf die Insel zukommen, die seefahrenden Völker mit ihren Schiffen, die einen flach, mit Ruderern, die anderen hochbordig, betakelt, hinter der Brustwehr die Pfeilschützen, aber auch in einfachen Barken kommen sie angefahren, in schlanken rammspornigen Kriegsschiffen, in Keillinie, vor dem Bug Tag und Nacht das gleitende Schäumen der Wellen. Von Zeit zu Zeit schlägt der Wind hart gegen die geblähten Segel; lassen die Winde nach, müssen die Männer ans Werk, die Sklaven im Bauch der Schiffe, in den Rahen knarrt der Tod.

So zogen sie los, die Phönizier mit ihrem unruhigen Blut in den Adern, die Karthager, die Athener, die Schiffe vollgestopft mit Kriegern, hinter den Kriegsschiffen die Versorgungsflotte, im stinkenden Rumpf die Verpflegung. Sie segelten von Phönizien nach Ägypten, von Alexandria nach Griechenland, von Karthago nach Rom, fünfzig Ruderer, später hatten die Galeeren zweihundert Riemen und mehr. Tag und Nacht hörte man das Keuchen der Männer auf den

Ruderbänken, das Klatschen der Peitschen auf den nackten Rücken der Sklaven. Es war in den Morgenstunden, wenn die Kiele in den Sand stießen, die Krieger an Land gingen. Wurde das Landungsheer geschlagen, warf man Feuer in die fremden Schiffe, brennendes, schwelendes Holz, weithin sichtbar die Rauchsäulen.

Es waren die Griechen, die im 8. Jahrhundert v. Chr. auf Sizilien gelandet sind. Vor ihnen haben sich die Phönizier an der Ostküste der Insel festgesetzt, sie waren es, die die ersten Wasserleitungen gebaut, süßes Wasser über die Aquädukte, aus mächtigen Quadern ihre Gräber errichteten. Später kamen die Römer, die geborenen Herrscher. Die Griechen standen für das Leben, die Römer für den Staat. Karthago, die afrikanische Handelsrepublik, und das allgewaltige Rom, auf dieser Insel standen sich ihre Heere zum erstenmal gegenüber. Fünfhundert Jahre nach Christus brachen die Vandalen ins Land, die Insel wurde von den Sarazenen angegriffen, im 9. Jahrhundert landeten die islamischen Araber und Berber, aus dem Norden kamen die Normannen, die Hohenstaufen, glanzvolle Namen, Kaiser, Könige und Feldherren, unbeugsame Herren, da mußte das Schicksal schon hart zuschlagen, ehe sie in die Knie gingen. Die französischen Ritter wurden durch die Sizilianische Vesper ausgerottet, Spaniens Versuch, die Insel zu besetzen, schlug fehl. Garibaldi landete mit seinen Freischaren in Marsala. Und immer wieder kamen sie über das Meer, vom Norden, Westen, Süden, meerauf, meerab, weiße Segel, schwarze Segel, Purpursegel. Der Helm vor dem Gesicht war nicht mehr geschlossen, mit offenem Visier nahmen die Menschen die Erde in Besitz.

Wie ein Raster schiebt sich die Geschichte zwischen Auge und Landschaft.

25. Mai

Man hat uns von Anfang an vor ihm gewarnt, hat uns gesagt, daß er in den Mauerritzen lebt, des Nachts in die Zelte eindringt, sich in den abgelegten Kleidungsstücken einnistet.

Heute morgen, als Arno seine Schuhe am Fenster ausschüttelt, fällt er direkt auf das Fensterbrett.

Zum erstenmal in meinem Leben sehe ich einen Skorpion aus der Nähe. Das Tier hat einen ganz starren Bauplan, ein kräftiges ungegliedertes Kopfbruststück, einen in seiner ganzen Breite angewachsenen schlanken Hinterleib, der in eine dünne schwanzartige Spitze übergeht, in der der Stachel sitzt. Auf der Oberseite des Kopfbruststückes sehe ich die Augen, die kurzen kräftigen Kieferfühler sind scherenartig, die Kiefertasten beinartig verlängert, am Ende zwei große Scheren. Nicht jedes Beutetier wird mit dem Stachel getötet, erst wenn das Opfer nicht mit den Scheren überwältigt werden kann, trifft es ein lähmender Stich.

Arno hält immer noch den Schuh in der Hand, dann aber schlägt er wie wild mit dem Absatz auf das Tier ein.

Ein Mann in einem hellblauen Hemd kommt den Feldweg herauf, bleibt an der Gartenmauer stehen, legt seine beiden Hände auf die Steine und blickt in den verwilderten Garten. Als er mich am offenen Fenster stehen sieht, wünscht er mir in deutscher Sprache einen guten Morgen.

Ich steige durch das Fenster, gehe direkt auf ihn zu. Als ich an der Gartenmauer ankomme, sehen wir uns an. Er reicht mir die Hand, nennt seinen Namen: Gabriele Struzzi.

Ich erkundige mich nach seinem Wunsch. Ich habe keinen Wunsch, sagt er zu mir, ich möchte Sie auch nicht stören. Ich komme aus dem Tal, bin auf dem Weg ins Dorf, da sehe ich, daß das Gehöft belegt ist. Er spricht ziemlich leise, als hätte er eine Kehlkopfkrankheit.

Gabriele Struzzi ist groß, hager, seine Haut sonnenverbrannt. Das seltsamste an seinem Gesicht sind die Augen. Weiß Gott, woher dieser Mann so ruhige graue Augen hat. Er müßte an die Sechzig sein, trägt eine helle Hose, Segeltuchschuhe und ein Hemd aus blauer italienischer Rohseide.

Sie sprechen aber gut Deutsch.

Ich war im Ersten Weltkrieg Soldat, geriet am Isonzo in österreichische Kriegsgefangenschaft.

Am Isonzo? Mein Vater kämpfte an der Piave.

Ich war bei den ersten vier Schlachten dabei, als wir die Österreicher auf die Hauptstellungen der Isonzofront zurückwarfen. Im März neunzehnhundertsechzehn, als die fünfte Schlacht ausbrach und wir geringe Geländegewinne auf der Hochfläche von Doberdo hatten, kam ich in Gefangenschaft. Drei Jahre lang arbeitete ich bei einem Bauern in Südtirol, in der Nähe von Bozen.

Was ist das für ein Mensch, frage ich mich, kommt durch die Mittagsglut, bleibt an der Gartenmauer stehen und beginnt ein Gespräch. Er könnte mein Vater sein. Ich empfinde für ihn Sympathie, meine Neugierde erwacht.

Wie spät mag es sein, fragt Struzzi, ich habe meine Taschenuhr in der Küche liegengelassen. Es ist zwanzig Minuten vor zwölf, sage ich. Dann müssen Sie mich entschuldigen, ich werde im Dorf zum Mittagessen erwartet. Er reicht mir die Hand, sein Händedruck ist fest.

Ich bleibe an der Gartenmauer stehen. Nach wenigen Minuten sehe ich nur noch einen hellblauen Fleck vor einem sandbraunen Hintergrund.

Die Insel ist in ihrem Kern Gebirgsmasse. Im Norden dominiert das Urgestein: Gneis, Glimmerschiefer, Granit. Der Ätna ist ein selbständiges Gebirgsmassiv aus Vulkangestein, im Süden liegen die Kalkberge. Nicht nur der Geologe, auch der Laie erkennt die Unterschiede zwischen dem Nordosten und dem Süden der Insel. Der Wechsel der geologischen Struktur verändert das Landschaftsbild, die Berge sind anders gegliedert, sie haben nicht nur eine andere Form, an ihren Hängen wächst auch eine andere Flora.

Im Inneren der Insel Bergketten, es sind heiße, trockene Hänge mit grauem Steingeröll, kahl, verkarstet. In diesen Regionen stürzen am Abend keine Wasser in die Kanäle, um sich an den Wurzeln der Bäume wieder zu sammeln. Unerbittlich brennt das Himmelsgestirn herab, saugt aus dem Boden das letzte Wasser. In dieser Landschaft gibt es auch keine Felder, keine Dörfer. Neben dem Maultierpfad Steine, nichts als Steine, eine stachlige Strauchvegetation, eine Wüstenflora. Es ist ein Gebirge, das den Menschen abweist, eine halbafrikanische Wildnis, medusenhaft, außerhalb der Zeit, fern von Maß und Ordnung.

Am späten Abend, wenn die Sonne untergeht, wird es in der Luft lebendig. Käfer orgeln auf das Windlicht zu, prallen am Lampenschirm ab, Motten kommen angeflogen, stürzen ins Licht, Mücken und Moskitos suchen nach einem Opfer.

Oberbefehlshaber Süd:

Italien:

Tagesangriff der feindlichen Luftwaffe am 25. 5. auf Messina (4 Angriffe mit rund 300 Flugzeugen). Sehr schwere Schäden in der Stadt, in Hafen- und Eisenbahnanlagen. Palermo und Flugplatz Boccadifalco (hart südwestlich Palermo) sowie die Häfen Empedocle (südwestlich Agrigent) und Licata (40 km südostwärts Agrigent). Einzelheiten fehlen.

Feind verlor am 25. 5. insgesamt 41 Flugzeuge, davon 18 durch Flak und 23 durch Jäger.

27. Mai

Ich liebe die Morgenstunden, dieses langsame Hellwerden, da liegt eine Stille über dem Land, in der man das Fallen einer Piniennadel hört, eine Erwartung, als würde jeder Baum, jeder Strauch nur noch auf die aufgehende Sonne warten.

Die Konturen der Kastanie vor dem Fenster werden schärfer, Blattwerk und Äste treten hervor, und plötzlich sind auch die Farben wieder da, das Steingrau der Straße, das milchige Weiß der Nebelfelder, spinnwebenfein.

Acht Uhr. Ich gehe mit Arno hinüber zum Stab, um die Marketenderware abzuholen: drei Flaschen Wein, Zigaretten und Pfirsiche. Wir gehen den Hügelrücken entlang, keine Bäume verstellen uns die Sicht ins Tal. Plötzlich bleibt Arno stehen. Sieh dir das einmal an, sagt er zu mir und zeigt mit seiner Hand hinunter auf den Olivenhain.

Wie ein großes trudelndes Blatt fällt ein Fieseler-Storch aus dem Himmel herab, wird über dem Hain abgefangen, fliegt langsam über die Wipfel hinweg, von einer Senke zur anderen, und über ihm, hoch im Raum, zwei englische Jäger, die ihn noch gar nicht ausgemacht haben. Vielleicht sind sie auf der Suche nach ein paar Lastkraftwagen, die sie in Brand schießen könnten.

Es ist lustig anzusehen, wie der Fieseler-Storch, dieses mückenkleine Flugzeug, über die Kronen der Olivenbäume hinweghüpft, so niedrig wie möglich, damit er nur nicht von oben gesehen wird, am liebsten würde er im Olivenhain untertauchen. Die kleinste Kuhle wird ausgenützt, er fliegt vorwärts, schlägt einen Haken, nur nicht auffallen, sagt sich der Pilot, die Kronen der Olivenbäume geben meinem Flugzeug immer noch Schutz, der bleifarbene Untergrund macht mich von oben her unsichtbar. Und wieder schwenkt er ein, hält sich genau über den Bäumen, er hat nicht viel Höhe, vielleicht drei bis vier Meter über den Kronen, tiefer kann er nicht gehen.

Er fliegt unruhig, sucht nach einem Landungsplatz, sagt Arno.

Kein idealer Ort zum Landen, er muß auf einem Feldweg niedergehen, hoch über ihm kreisen immer noch die beiden Jäger.

Plötzlich bleibt der Storch in der Luft stehen, als hätte ihn eine Riesenhand mit einem unsichtbaren Seil am Himmel festgebunden, dann geht er tiefer und setzt auf einem schmalen gelben Weg zur Landung an, nach wenigen Sekunden ist er im Silbergrau der Ölbäume untergetaucht.

Am späten Nachmittag Störungssuche, die Leitung zum Stab ist unterbrochen.

Noch kann ich aufrecht durch die Landschaft gehen, brauche das Kabel nicht entlangzurobben, keine Kugeln schwirren durch die Luft, kein Artilleriefeuer.

Es ist fast immer die gleiche Arbeit. In der einen Hand das Messer, in der anderen das Isolierband, man legt die durchgeschlagenen Drahtenden frei, dreht sie zusammen, umwickelt sie. Es muß nicht immer ein Bombensplitter sein, diesmal hat ein Kettenfahrzeug das Kabel unmittelbar hinter der Schreibstube beschädigt. Ich überprüfe noch einmal die Leitung, schalte mich ein, auf der einen Seite meldet sich der Schreiber vom Dienst, auf der anderen die Vermittlung.

Auf dem Rückweg begegne ich einer Kompanie mit Sturmgepäck und Stahlhelmen ...

Ich bin auch heute noch bestürzt, wenn ich auf der Straße an einer Kompanie Soldaten vorbeigehe, wenn ich sehe, wie unter dem Stahlhelm die Individualität des Menschen in den Hintergrund tritt. Unter einem Stahlhelm gibt es keinen Himmel mehr, keine blühenden Blumen, da dominiert nur noch der Befehl, der alles andere im Menschen unterdrückt. Kein Wunder, daß der Krieg die Gesichter meiner Generation zerstört hat.

Wenn die Militarisierung in Europa weiter so fortschreitet, wird man eines Tages auch noch die Worte in eine Uniform stecken, man wird sie antreten lassen zum Appell, wird ihnen den Befehl zum Durchzählen geben, und plötzlich werden sie anfangen zu marschieren, im Gleichschritt.

29. Mai

Den ganzen Vormittag trommelt ein heißer Wind auf das Dach, stößt die Fenster auf, wirft sie wieder zu, zieht mit einem Staubschleier durch das Tal, legt über den Himmel die seltsamsten Zirren, Farbe und Kontur der Landschaft verändern sich.

In den Mittagsstunden sind die Störungen in den Leitungen so stark geworden, daß der Teilnehmer nur noch einzelne Worte versteht, alles andere geht in einer Gewitterfront unter.

Ein kurzer heftiger Regen prasselt auf die Blätter der Kastanie. Nach wenigen Minuten weht durch das Zimmer eine frische kühle Brise. Die Farbe des Himmels ein ausgewaschenes Blau.

Am späten Nachmittag Lektüre. Was ist das nur für eine

Sucht, täglich etwas zu lesen, ein paar Sätze ins Tagebuch zu schreiben, es ist wie ein Hunger, den man stillen muß.

Warum habe ich in Caserta, in der fahrbaren Frontbuchhandlung, gerade nach diesem Buch gegriffen, war es Zufall? Ich hatte andere Bücher zur Auswahl, da war die Inselbücherei mit Rilke, Carossa, Ricarda Huch und Li Tai-pe, da waren die Romane von Hamsun, die Erzählungen der Selma Lagerlöf, die Gedichte von Britting. Vielleicht war es der Titel, der mich faszinierte: »Auf den Marmorklippen«. Ich nahm das Buch aus dem Regal, schlug es auf. »Begonnen Ende Februar 1939 in Überlingen am Bodensee, beendet am 28. Juli 1939 in Kirchhorst bei Hannover, durchgesehen im September 1939 beim Heer«, so stand es auf der Rückseite des Titelblattes. Und dann begann ich zu lesen: »Ihr alle kennt die wilde Schwermut, die uns bei der Erinnerung an Zeiten des Glückes ergreift. Wie unwiderruflich sind sie doch dahin, und unbarmherziger sind wir von ihnen getrennt als durch alle Entfernungen.« Ich war betroffen von diesen Sätzen, und plötzlich erinnerte ich mich, daß man dieses Buch wenige Monate nach dem Erscheinen stillschweigend zurückgezogen hat.

Als ich wieder in die Kaserne kam, legte ich die »Marmorklippen« zu den anderen Büchern, zu Goethes »Italienischer Reise«, zu den »Wanderjahren in Italien« von Gregorovius, zu den Fragmenten des Empedokles.

Ich habe bisher nur wenige Bücher von Jünger gelesen, bin weder eingeschworen auf sein Kriegstagebuch »In Stahlgewittern« noch auf die Chronik aus den Grabenkämpfen »Das Wäldchen 125«. Mein Vater hat mir vor Jahren einmal erzählt, daß Jünger in jungen Jahren Militarist war, ein Rechtsradikaler. Mit Leib und Seele hatte er den Krieg bejaht als entscheidendes inneres Erlebnis, für ihn gab es nichts Höheres als die Bewährung im Kampf, im Schützengraben. Im Ersten Weltkrieg war er Stoßtruppführer, der mit schlafwandlerischer Sicherheit seine Gruppe in den Kampf geführt hat, der einzige Infanterie-Offizier, der den höchsten Orden, den Pour le mérite, erhalten hat. Er war ein Soldat mit nihilistischem Vorzeichen: »Ich hasse die Demokratie wie die Pest«, hatte er gesagt – aber das ist lange her.

In diesem Buch wird nicht mehr der tollkühne Mut eines Stoßtruppführers beschrieben, der mit seiner Gruppe die Feuerwände der Materialschlachten durchbricht, da ist nicht mehr von totaler Mobilmachung die Rede. Der Autor berichtet von einem Land, einer alten Hirtenkultur, wo die Menschen seit vielen Generationen in Frieden zusammengelebt haben und plötzlich durch einen Tyrannen in ihrer geistigen und materiellen Existenz bedroht werden. Es ist der »Oberförster« mit seinem Gelichter, den Feuerwürmern, dem Gesindel, den Kopfjägern, eine grauenhafte Inkarnation, ein Tyrann, dem alles Überpolitische, das die Politik ordnet, fremd ist. In dieser Gestalt ist ein dämonischer Wille am Werk, eine Blutgier, die in unvorstellbaren Vernichtungsaktionen endet ...

Heute weiß ich, daß die Wahrheit in einer Diktatur oft nur noch durch Symbole weitergegeben werden kann, nur auf diese Art und Weise war es möglich, daß dieses Buch 1939 in Deutschland überhaupt erscheinen konnte.

Im Griechischen bedeutet das Wort symbolon nichts anderes als ein Geschehen, das mit den Menschen irgendwie in Verbindung steht. Symbole reißen mehrere Saiten des menschlichen Geistes zur gleichen Zeit an.

Diktaturen haben schon in der Antike den Stil des Schriftstellers differenziert, verfeinert.

Oberbefehlshaber Süd:

Italien:

Feindliche Luftangriffe am 29. 5. auf:

Hafen S. Antioco (Sardinien) (8 Flugzeuge) 1 Dampfer versenkt, 5 Verwundete, 1 Feindflugzeug von der Flak abgeschossen.

Pantelleria (54 Flugzeuge, 4 Einflüge). Schäden im Hafen, Ort nunmehr fast völlig zerstört, Betriebsstofflager vernichtet. 12 Feindflugzeuge von deutscher und italienischer Flak abgeschossen.

Ortschaften in Sardinien und Sizilien. Geringe Schäden, 1 Toter. In Sizilien wurden 12 Schnitter auf freiem Feld mit Bordwaffen beschossen.

Ergänzungen zu bereits gemeldeten Luftangriffen:

Bei dem Angriff auf Livorno am 28. 5. wurden 3 kleine Dampfer mit zusammen 1200 BRT versenkt, ein weiterer Dampfer und 1 R-Boot auf Grund gesetzt.

Auf dem Flugplatz Villacidro wurden in der Nacht zum 28. 5. 2 italienische Flugzeuge am Boden zerstört und 5 deutsche beschädigt. 1 Betriebsstofflager in Brand geschossen, 1 Feindflugzeug von der Flak abgeschossen.

31. Mai

Frühdienst. Ich schalte mich in die Gespräche ein. Der Zahlmeister ist am Apparat, er ist auf der Suche nach einem Auto, das nach Paterno fährt. Fünf Minuten später wünscht der Oberarzt eine Verbindung mit dem Stabsarzt der Division. Das Regiment benötigt dringend Atebrin, die Vorräte sind erschöpft, die Tropengeschwüre bei den Soldaten nehmen zu.

Was wird einer Telefonleitung nicht alles anvertraut, Befehle, Gedanken, Decknamen werden durchgegeben, Verschlüsselungen, wer weiß, was sich hinter diesem oder jenem Wort verbirgt. Es gibt aber auch Gespräche, da werden die Themen zuerst einmal eingekreist, ganz vorsichtig, die Gesprächspartner tasten sich ab, ehe sie zum Klartext übergehen. Es kann vorkommen, daß dich ein Gespräch bis tief in die Nacht hinein verfolgt, Sätze, die dich jäh aus dem Alltag herausreißen.

Vor ein paar Tagen hat Major von Treptow zum IA der Division gesagt: Jede Bewegung wird von unserem Gegner durch die Luftaufklärung registriert, eine absolute Tarnung gibt es nicht, wir treten seit Wochen auf der Stelle. Wer weiß, ob die italienischen Divisionen nicht kapitulieren, wenn eines Tages die Alliierten wirklich auf der Insel landen.

Ich müßte mich schon lange daran gewöhnt haben, doch ich schrecke immer wieder hoch, stürze ans Fenster, wenn draußen auf dem Feldweg ein störrischer Esel zu schreien beginnt.

Er steht mitten auf dem Weg, die Vorderfüße gegen den Boden gestemmt. Der Bauer zieht und schiebt, doch nichts kann den Esel bewegen, auch nur einen einzigen Schritt nach vorn zu tun. Woher kommt dieses plötzliche Aufbäumen, ist es Not, Verzweiflung? Und dann dieser Schrei, mit dem die Kreatur dem Menschen antwortet. Diese Klage kommt aus einer Tiefe, die man mit dem Verstand allein nicht ausloten kann, es ist, als würde das Tier mit seinem ganzen Wesen nach einer neuen Wirklichkeit schreien, nach einer anderen Existenz.

Vierzehn Uhr. Gerhard löst mich ab, setzt sich an den Klappenschrank, den Oberkörper leicht nach vorn gebeugt, die Schultern hochgezogen.

Am Horizont kommt eine Lightning hoch, ganz niedrig kommt sie angeflogen, dicht über den Olivenhain hinweg, ein paar Meter tiefer, und sie würde die Baumwipfel streifen. Sie fliegt so niedrig, daß ich vom Fenster aus für einen Augenblick lang den Piloten in der Kanzel sehen kann. Ein paar Minuten später kommen drei Jagdbomber in präzisem Flug auf unser Gehöft zu. Ich höre, wie das Motorengeräusch immer lauter wird, in ein Dröhnen übergeht, und plötzlich setzen sie zwei Bomben ins freie Feld, keine dreihundert Meter von uns entfernt.

Gerhard springt auf und schreit: Sie greifen uns an! Er will aus dem Fenster ins Deckungsloch springen, ich halte ihn mit beiden Händen fest, spüre, wie er am ganzen Körper zittert.

Beruhige dich, sie sind auf dem Rückflug, sie haben dreihundert Meter von uns entfernt zwei Splitterbomben ins Feld gesetzt, wollten die beiden Eier nicht wieder mit nach Hause nehmen.

Gerhard sieht mich ungläubig an, setzt sich an den Klappenschrank, zieht die Schultern hoch.

2. Juni

Die Edelkastanie vor unserem Fenster ist ein Baum mit hellgrünem Laub. Die Blätter sind zwanzig bis dreißig Zentimeter lang und haben scharfe Sägezähne. In Holz und Rinde erinnert sie mich an unsere Eiche. Ihre Früchte, die Maronen, sind hart und mehlig. Wir haben sie als Kinder in der Vorweihnachtszeit auf der heißen Herdplatte geröstet.

14.30 Uhr. Meldung der 3. Batterie: Thunderboldt abgeschossen. Aufschlag zwei Kilometer nördlich. Pilot in Gefangenschaft.

Wie eine Fermate steht am Abend der Ätna über der Insel.

Oberbefehlshaber Süd:
Italien:
Feindliche Luftangriffe auf:
Pantelleria in der Nacht zum 1. 6. und während des 1. 6., insgesamt 7 Angriffe mit jeweils zwischen 4 und 10 Flugzeugen.
Starke Schäden, 3 Flugzeuge von Flak abgeschossen.
Seeflughafen Stagnone bei Marsala (1. 6. morgens 6 Feindflugzeuge). 3 Wasserflugzeuge zerstört und 11 beschädigt. 3 Feindflugzeuge von deutscher Flak abgeschossen.
Balestrate bei Palermo. Einzelheiten fehlen.

3. Juni

Das Dorf gleicht aus der Ferne einem Steinhaufen. Die Häuser sind ineinander verschachtelt, die Dächer aufeinandergerückt, das Mauerwerk steingrau, zusammengebacken, als käme es aus einem Brennofen, nur da und dort ein schmutziges Gelb, ein kalkiges Weiß. Über dem Dorf eine sengende Stille, alles scheint bewegungslos, die Blätter an den Bäumen, die Tauben auf dem Dach, selbst die kreidigen Wolken am Himmel wie festgenagelt.

Ich gehe die Dorfstraße entlang. Ein Gemischtwarenladen: Bohnen, Teigwaren, Linsen und Mehl, nichts ist abgepackt, alles ist sichtbar, hier herrscht noch die Waage. Ein paar Schritte weiter hämmert ein Schuster vor seiner Tür, zwei Kinder stehen in gemessenem Abstand und warten, bis sie die geflickten Schuhe wieder mitnehmen können. Im Schatten einer Pinie liegen zwei Männer und schlafen, die Mützen auf dem Gesicht.

In diesen Häusern gibt es keinen Wäscheschrank mit echtem Linnen, keine bunten Vorhänge vor dem Fenster, die Armut frißt sich von Haus zu Haus, durch den Fußboden, die Wände, die Decke. Vor einem geöffneten Fenster bleibe ich stehen. In einem Korbsessel sitzt eine alte Frau und schläft, sie hat ihre Hände in den Schoß gelegt, auf eine dunkelblaue Bauernschürze. Die wenigen Möbel in ihrem Zimmer treten zurück, der Tisch, die Glühlampe mit dem Blechschirm, das eiserne Bett, ich sehe nur noch ihr Gesicht, höre auf ihren Atem.

Mitten auf dem Dorfplatz steht ein kleiner Brunnen, ein ausgehöhlter Felsblock, das Brunnenrohr ist verrostet. Kinder werfen einander schreiend eine Handvoll Wasser ins Gesicht. Neben dem Brunnen ein paar Akazien. Niemand benötigt ihren Schatten, die Bänke unter den Bäumen bleiben leer. Ich gehe über den Marktplatz. Ein paar Frauen kommen mir entgegen, schwarz gekleidet, barfuß. Die Gesichter der jüngeren sind von einer verbrauchten Schönheit, die Haut der alten wie Pergament. Vor der Trattoria hocken drei Männer und spielen Karten. Am Ausgang des Dorfes stehen die Häuser leer, die Fenster sind mit Latten zugenagelt. Kehrichtnester auf der Straße, wenn der Wind einfällt, treibt er den Dreck in Staubwolken vor sich her. Ich frage mich, wo fängt in einem solchen Dorf ein menschliches Leben an, wo hört es auf. Der Grat scheint schmal zu sein, auf dem man geht.

Wer weiß, was eines Tages auf dieses Bauerndorf noch zukommen wird: Artilleriebeschuß, Bombardierung, vielleicht graben sich morgen schon amerikanische Fallschirmjäger zwischen den Feldsteinmauern ein, setzen Rauchzeichen, jagen Leuchtpatronen in den Himmel, die ersten Häuser fangen an zu brennen.

Auf meiner Landkarte gibt es keine taktischen Zeichen, keine weißen und roten Fähnchen, rings um die Insel ist Wasser, nichts als Wasser. Wo aber sind die Feindverbände, die Luftstützpunkte, wo liegen die englischen Divisionen, die kanadischen, die amerikanischen? Es gibt auf dieser Insel auch keine Partisanen, keine »Banden-Divisionen« von fünftausend Mann und mehr. Eines Tages aber wird die Erde auch hier unter den Füßen der Menschen beben, und aus dem Himmel werden kleine heiße Eisensplitter fallen.

Arno kommt von der Störungssuche zurück, er hat mitten auf einem Feld eine große Tonschale ausgegraben. Wir füllen sie mit Erde und stellen sie auf die Gartenmauer. Vielleicht finden wir in den kommenden Tagen eine kleine Agave, eine Opuntie, die wir einpflanzen.

4. Juni

Keine hundert Meter vom Gehöft entfernt, dort, wo der Weg hinunter ins Tal geht, steht ein prachtvoller Baum, die Platanus orientalis, die morgenländische Platane. Es ist ein ahornähnlicher Baum mit wechselständigen Blättern, die grünlichen Blüten sitzen in kugeligen Köpfchen, stehen einzeln oder hängen in Ketten an den Stielen herab. Der Baum erreicht ein hohes Alter, ist schattenreich, hart gegen den Schnitt, obwohl sein Holz nicht von langer Dauer ist.

Was mir an den Platanen gefällt, ist ihre auffällige fleckige Rinde. Die alte Borke löst sich in großen Platten ab, wobei die junge Rinde sichtbar wird, sie ist gelbgrün.

Ich kenne keinen anderen Baum, weder die immergrüne Eiche noch die Steinlinde, der mit der Platane, dem schönsten aller Laubbäume, wetteifern könnte. In üppiger Fülle breitet sich ihre Krone aus, eine Platanendecke voller Blattreichtum, voller Frische.

Störungssuche. Ich gehe den Bergrücken entlang, Kakteen, Feigengehölz, da und dort eine Bambusfahne, im Tal ein paar weißgetünchte Gehöfte, weiter im Westen ein Bergmassiv. Es riecht nach Pinien, im Straßengraben liegen die Zapfen.

Ich durchquere ein ausgetrocknetes Flußbett, schalte mich in die Leitung ein, es meldet sich immer nur die Vermittlung.

Ich spüre, wie die Glut der aufgeheizten Steine durch die Schuhsohlen dringt. Unweit der 2. Batterie stoße ich auf den kaputten Leitungsdraht, eine Raupenkette hat die Isolierschicht beschädigt.

Plötzlich höre ich hinter mir ein bösartiges Summen, wie von einem Hornissenschwarm. Ein britischer Jagdbomber fliegt direkt auf die Stellungen zu und wirft seine Sprengbomben.

Die Vierlingsgeschütze haben das angreifende Flugzeug mit Leuchtspurmunition eingekreist. Der Pilot wirft die Maschine quer, fliegt in eine andere Richtung, kommt zurück. Ein paar Sekunden später, und die Richtkanoniere haben sich von neuem eingeschossen. Und wieder dieses Ausbrechen aus dem Sperrfeuer, das Abwerfen der Splitterbomben ins Zielgebiet, dort, wo die Mannschaftszelte stehen, die Lastkraftwagen. Der Pilot drückt die Maschine, zieht sie hoch, fliegt eine Schleife, aber die Kanoniere lassen das Flugzeug nicht mehr aus dem Visier. Die Leuchtspur verfolgt ihn, und wenn er mit den Bordwaffen angreift, baut sich vor seinem Propeller eine Feuerwand auf. Plötzlich sehe ich hinter der rechten Tragfläche eine dünne Rauchfahne. Jetzt müßte er aussteigen, ehe die Zugluft das Flugzeug in eine fliegende Fackel verwandelt. Die Maschine wird noch einmal hochgezogen, ein Fallschirm öffnet sich, das Flugzeug bleibt einen Augenblick lang hoch in der Luft stehen und – explodiert.

Wo wird der Fallschirm niedergehen, auf einem offenen Feld, in einem Orangenhain? Ist der Pilot noch am Leben, oder hat es ihn beim Aussteigen in letzter Sekunde doch noch erwischt? Diesmal werden seine Kameraden in Tunis vergebens auf ihn warten.

Auf dem Rückweg begegne ich dem Kommandeur. Er kommt in seinem Kübelwagen angefahren, hält an. Ich mache Meldung: Obergefreiter C. auf Störungssuche. Keine besonderen Vorkommnisse. Er winkt ab.

Wo haben Sie Ihren Fernsprechwagen?

Bei dieser Lufttätigkeit gehen wir lieber zu Fuß auf Störungssuche.

In Ordnung, sagt der Major, legt die Fingerspitzen an den Tropenhelm und fährt weiter.

Major von Treptow ist klein, sehnig, ein Mann, der selbst in seinem Alter noch kein Gramm Fett angesetzt hat. Er ist von einer Schlankheit, die man im Soldatenjargon als »drahtig« bezeichnet. Seine Art, die Truppe zu inspizieren, wirkt immer etwas arrogant. Seine Stimme ist hart, metallen, wenn er Befehle gibt, hat man den Eindruck, der Lebensnerv des Betroffenen wird mit einem scharfen Messer zerschnitten. In seinem Umfeld abstrakte Kühle.

Seine Soldaten wissen, was er von den Offizieren fordert: Bescheidenheit, Mäßigung, Selbstbeherrschung. Er selbst schläft in einem Zelt auf der Erde, obwohl ihm ein Feldbett zusteht, er benötigt auch keinen Tisch zum Essen, er nimmt das Kochgeschirr im Sitzen zwischen die Knie. Auch seinen Vorgesetzten gegenüber ist er ein unbequemer Kommandeur, er sagt die Wahrheit. Er ist immer in Aktion, in Spannung, Schlaf scheint für ihn ein Wort zu sein, das er nicht kennt. Er braucht auch keinen Fahrer, er setzt sich selbst ans Steuer und fährt hinaus zu den Batterien. Gemütlichkeit läßt er in seinem Umfeld erst gar nicht aufkommen. In Caserta hat er zu seinem I A einmal gesagt: Oberleutnant, wir sind nicht in Italien, um Kunstgeschichte zu studieren. Dieses Wort machte die Runde durch das ganze Regiment.

Was mir in den letzten Monaten immer wieder auffällt: der preußische Manierismus bei den jungen Offizieren. Sie markieren durch Haltung und Redewendung eine Traditionslinie, die für ihr eigenes Leben unglaubhaft geworden ist, eine Haltung, die keine Wurzeln mehr hat, sie wirkt aufgesetzt, künstlich ...

Ich habe mich während des Krieges, aber auch nach dem Krieg wiederholt gefragt: Gibt es wirklich dieses preußische Offiziersgesicht? Die Ähnlichkeit zwischen diesen Gesichtern, woher kommt sie, ist es die typenbildende Kraft einer Idee, die seit Generationen am Werk ist?

Da haben vor mehr als zweihundert Jahren ein paar junge Adelige unter Friedrich Wilhelm I. in Potsdam die Offizierslaufbahn eingeschlagen. Vielleicht war es Zufall, doch dieser Beruf hat nicht nur ihr eigenes Leben, sondern auch das Leben der Söhne, Enkel und Urenkel entscheidend beeinflußt, einer ihrer Nachkommen ist immer wieder Offizier geworden.

Über viele Generationen hinweg trat der Offiziersberuf in den Vordergrund, spielte sich ein, wurde Schicksal, Gesetz, selbst scheinbar freie Willensakte hatten plötzlich ihren Ursprung in dieser Vergangenheit.

Im Laufe der Jahrhunderte hat sich der Einfluß der vergangenen Geschlechter in den Gesichtern der späteren Generationen stabilisiert. In einem solchen Gesicht gab es keine Zufälle mehr, da war alles Vererbung, Milieu und Erziehung. Der Einstieg der Söhne, Enkel und Urenkel in den Offiziersberuf war ein Milieu-Einstieg, Reflexe wurden sichtbar, immer wieder wurde das Geistig-Seelische des Menschen in dieselben vorgegebenen Bahnen gelenkt, die morphische Resonanz nahm zu, der Durchschnittstypus des preußischen Offiziers setzte sich durch. Je stärker die Durchschnittsform, um so größer die Wahrscheinlichkeit, daß sie sich in Zukunft wiederholt. Durch die stete Wiederholung geriet die Form in eine Spur, und je öfter sie sich wiederholte, desto deutlicher wurde sie in den Gesichtern der Söhne und Enkel ablesbar.

Das Gesicht eines preußischen Offiziers, ich erinnere mich auch heute noch an Major von Treptow, war keineswegs vieldeutig, es war eindeutig, lebte von dieser Eindeutigkeit. Man wußte, daß an diesem Typus seit Generationen ein ungeheurer Wille gearbeitet hatte. Bei aller Distanz, die aus einem solchen Gesicht spricht, man hat den Eindruck, daß sich hinter diesen Zügen emotional kaum noch etwas bewegt.

Vom Profil her gesehen, war es ein scharf geschnittenes Gesicht, da war alles der Disziplin untergeordnet, die Augen, die Nase, der Mund. Die Profillinie übertrug bestimmte Charakterzüge ins Lineare, das Dynamische schien an einem Endpunkt angelangt zu sein, und dennoch hatte das Gesicht etwas in sich Geschlossenes, es war noch nicht zerrissen, es war aufgebraucht, aber das ist etwas ganz anderes. Für mich ist das preußische Offiziersgesicht aus der Zeit bereits herausgetreten, der Vorstoß in die Welt ist zum Stillstand gekommen, das Profil ist statisch geworden, es hat keine innere Bewegung mehr, es stagniert.

Ein solches Gesicht hat keine Nachfolge, es steht am Ende einer Entwicklung. Es sind die Nachzügler, die noch einmal den Versuch unternehmen, durch die Flucht nach vorn ihrem Gesicht Dauer zu verleihen. Aber das Gros wurde längst von der Geschichte überholt, ins Abseits gestellt.

Oberbefehlshaber Süd:

Italien:

Feindliche Luftangriffe auf:

Pantelleria (in der Nacht zum 4. 6., 3 schwächere Wellen). Schäden im Hafengebiet und Flughafen. Kleinere Schäden im Innern der Insel und an der Ostküste. (Am 4. 6. 7 Einflüge mit insgesamt 85 Flugzeugen.) Beträchtliche Schäden. 4 Feindflugzeuge von der Flak abgeschossen.

Grottaglia/Tarent (am 4. 6. nachmittags 2 Einflüge, 1 Einflug mit 18 viermotorigen Bombern). Zahlreiche Baracken zerstört und beschädigt. 28 italienische Flugzeuge am Boden zerstört. Wasserleitung in Apulien unterbrochen. 47 Tote (darunter 9 deutsche Soldaten), 138 Verwundete (darunter 20 deutsche Soldaten). 1 Feindflugzeug von der Flak abgeschossen.

Flughafen Milo/Trapani (am 4. 6. nachmittags 15 Flugzeuge). Einige Baracken zerstört und beschädigt. 4 italienische Jagdflugzeuge zerstört. Keine Verluste gemeldet. Über Trapani und Chinisia 4 Feindflugzeuge von deutsch-italienischer Flak, 1 weiteres westlich Favignana von italienischen Jägern abgeschossen.

7. Juni

Gestern abend setzte Regen ein, er kam stoßweise vom Westen her ins Land. Heute morgen ist der Himmel bedeckt, ein leises Rieseln vor dem Fenster, die Flugzeuge bleiben aus.

Gegen Mittag stößt die Sonne durch die Wolkendecke, der Schlamm auf der Straße schlägt Blasen, beginnt zu trocknen.

Nicht weit vom Gehöft entfernt geht ein schmaler ausgetrockneter Pfad durch eine immergrüne Buschregion hinunter an den Fluß. Eigensinnig läuft er den Berghang hinab, hat keine Zeit, in breiten Kehren auszuholen, es ist eine harte trockene Trittspur, die Frauen des Dorfes müssen sie getreten haben.

Auf einem solchen Fluß kann man sich nicht hinabtreiben lassen wie auf dem Tiber, dem Po, so tief sind die Wasser nicht, es gibt keine dunklen Stellen, in die man eintaucht, es ist ein schmales, fast regungsloses Gewässer, auf beiden Uferseiten Gras, eine dichte Wand aus Schilf, das Rohr stößt schräg aus dem Wasser nach oben, auch der Bambus hat sich eingefunden, diese gelben, sich nach oben knotenden Stangen.

Ich ziehe mich aus und steige in den Fluß. Da sitze ich nun bis an die Schultern im Wasser, ganz ruhig, rieche die Algen, höre den Wind, der durch den Bambus geht. Libellen kommen angeflogen, schwirren um mich herum, ich sehe ihre zarthäutigen Flügel, das Adernetz, die riesigen Augen, die nach geflügelter Beute Ausschau halten, sehe den Himmel über mir und auf dem Flußgrund das Sonnenlicht, das über die Steine wallt.

Plötzlich schrecke ich hoch. Keine zwei Meter von mir entfernt schwimmt eine Schlange mit erhobenem Kopf durch das Wasser. Ich sehe ihr dunkelbraunes Zackenband, das im Nacken beginnt, den hornartigen Nasenaufsatz, sehe ihren Leib, diese metallisch glänzenden Schuppen. Nein, das ist keine Ringelnatter, das ist eine Sandviper. Kalt läuft es mir über den Rücken. Und schon ist sie in der gegenüberliegenden Schilfwand untergetaucht.

Mit einem Satz springe ich aus dem Wasser, ziehe mich an. Ich spüre, wie mir das Herz bis an den Hals hinauf schlägt.

Auf dem Rückweg sehe ich am Himmel einen Fernaufklärer. Kein Motorengeräusch, die Aluminiumteile glänzen in der Sonne.

Woher kommen die fiktiven Bilder, die man von einem Land, das man noch nie gesehen hat, mit sich herumträgt?

Vierzehn Jahre muß ich alt gewesen sein, als wir im Deutschunterricht das Gedicht »Mignon« auswendig lernten:

> Kennst du das Land, wo die Zitronen blühn,
> im dunklen Laub die Goldorangen glühn …

Jahrelang habe ich mit diesem Gedicht gelebt, eine Sehnsucht in mir aufgebaut, die im Grunde falsch war.

Wenn ich das Wort Sizilien ausspreche, bin ich bestürzt über die phonetische Wirkung, da gibt es dreimal das flammenzüngige i, da ist das scharf zischende S, das z. In diesem Wort lebt nichts Verträumtes, Romantisches, da ist alles hart, hell und klar, ganz andere Gestalten treten aus dem dunklen Laub hervor, wo die Goldorangen glühn.

Ich denke an die Straße von Messina, an den Anflug der viermotorigen Bomber, alles, was mich seit der Schulzeit mit diesem Gedicht verband, geriet zwischen Skylla und Charybdis. Ich ahnte, daß ein anderes Sizilien auf uns wartete, und doch hatte das Gedicht etwas in Bewegung gesetzt, heraufbeschworen, das auch heute noch in den tieferliegenden Schichten meines Bewußtseins unbeschädigt weiterlebt.

Oberbefehlshaber Süd:

Italien:

Feindliche Luftangriffe auf:

Messina (nachmittags insgesamt 86 Flugzeuge). Stadt, Industriegegend und Eisenbahnanlagen getroffen.

Villa San Giovanni keine Schäden gemeldet.

Reggio Calabria Eisenbahnanlagen getroffen. Insgesamt ca. 60 Tote und 10 Verwundete gemeldet. Von italienischen Jägern 2 feindliche viermotorige Bomber sicher, 4 weitere wahrscheinlich abgeschossen.

Nähere Angaben über bereits gemeldete Feindangriffe:

Flughafen Grottaglia (4. 6. nachmittags) 62 Tote (darunter 35 deutsche und 24 italienische Soldaten).

Mittelmeer:

In der Nacht zum 7. 6. beobachtete Küstenverteidung auf der Insel Lampedusa einige Landungsfahrzeuge, die sich der

Küste näherten. Später wurde Gefangennahme einiger Engländer gemeldet, 1 italienischer Soldat gefallen, weitere Einzelheiten fehlen.

Pantelleria. Am 6. 6. schwere Luftangriffe. Bombenabwürfe, Bordwaffenbeschuß und Abwurf von Flugblättern längs der ganzen Küste. Erhebliche Schäden. 1 Feindflugzeug von deutschen Jägern und 4 von deutsch-italienischer Flak abgeschossen.

Am 5. 6. Angriffe von insgesamt über 100 Feindflugzeugen. Schäden im Westteil der Insel.

8. Juni

Gabriele Struzzi kommt heute nicht über den steil ansteigenden Feldweg, er kommt vom Dorf. An der Gartenmauer bleibt er stehen.

Sie kommen ja heute aus einer ganz anderen Richtung, sage ich zu ihm, gehen Sie hinunter ins Tal?

Ich habe zwischen den Plantagen ein kleines Steinhaus mit zwei Zimmern und einer Küche.

Ein Steinhaus oder einen Latifundienbesitz?

Struzzi lacht. Nein, das Tal mit den Olivenhainen, den Orangen- und Zitronenplantagen gehört einer Familie in Catania, ich bin nur ihr Untermieter.

Sind Sie Sizilianer?

Ich komme aus dem Norden, aus Turin. Ich habe vor dem Ersten Weltkrieg nach Sizilien geheiratet, eine gute Partie, wie man so sagt. Mein Schwiegervater war Geschäftsmann in Paterno, ihm gehörte auch das Wochenendhaus im Tal.

Ich biete Struzzi eine Zigarette an. Er dreht sie zwischen Daumen und Zeigefinger, dann zündet er sie mit einem Brennglas an. Ich erkundige mich nach seiner Arbeit, seiner Familie.

Ich lebe in Paterno, dreißig Jahre lang war ich Lehrer am Gymnasium. Meine Frau ist im vergangenen Jahr verstorben, Herzschlag, mein Sohn ist bei der Handelsmarine. Ich habe eine bescheidene Pension, von der man leben kann, wenn man sich das Geld etwas einteilt. Und woher kommen Sie, wenn ich fragen darf?

Der Name meiner Vaterstadt wird Ihnen kaum etwas sagen: Jägerndorf, eine Kleinstadt mit dreißigtausend Einwohnern, sie liegt am Fuße des Altvatergebirges, hat über dreißig Tuchfabriken. Bis September neunzehnhundertachtunddreißig waren wir tschechoslowakische Staatsbürger, dann wurden die deutschsprachigen Gebiete von den deutschen Truppen besetzt.

Und Ihr Vater?

Mein Vater war Appreturmeister in einer Tuchfabrik, ein alter Sozialdemokrat und Gewerkschafter. Er hat sein Leben lang gegen den Anschluß an das Deutsche Reich gekämpft, wenige Tage vor dem Einmarsch hat er mit anderen Männern noch Straßensperren gebaut. Als die Faschisten kamen, wurde er verhaftet, nach einem Jahr hat man ihn wieder auf freien Fuß gesetzt. Heute lebt er von einer kleinen Pension.

Struzzi drückt seine Zigarette auf der Gartenmauer aus. Und wie kommen Sie mit Ihrem Schicksal zurecht?

Mein Vaterland ist nicht Deutschland, ich bin auch nicht freiwillig zum Militär gegangen, ich wurde gezogen. England und Frankreich waren es, die die Tschechoslowakische Republik durch das Münchner Abkommen verraten haben. Es ist nicht mein Krieg, der hier geführt wird.

Warum haben die Tschechen nicht um ihr Land gekämpft, genauso wie die Polen, sein Land überläßt man doch nicht kampflos dem Feind?

Diese Frage, Herr Struzzi, habe auch ich mir wiederholt schon gestellt. Wir hatten eine gut ausgerüstete Armee, die Grenzen waren durch Befestigungsanlagen gesichert, ganze Bunkersysteme standen in der Landschaft. Mein Vater hat immer gesagt, die Tschechen hätten vor ihrer eigenen Geschichte kapituliert, nicht den Mut gehabt, mit der Waffe in der Hand zu kämpfen.

Nach einer Weile sagt Struzzi: Ich werde in den kommenden Tagen wiederholt hier vorbeikommen, ein Onkel von mir wohnt drüben im Dorf, er ist weit über die Achtzig. Ich möchte aber nicht, daß Sie durch meine Besuche Schwierigkeiten bekommen, ich werde keinen einzigen Schritt hinter die Gartenmauer tun, ich kenne die militärischen Vorschriften aus dem Ersten Weltkrieg.

Machen Sie sich ruhig bemerkbar, unsere Fenster stehen Tag und Nacht offen, einer von uns ist immer im Haus.

Weiß Gott, mit welcher Phonstärke die Jagdbomber über das Gehöft hinwegrasen. Obwohl sie uns immer noch nicht ausgemacht haben und ganz andere Ziele an den Küstenstraßen anfliegen, ziehen wir die Schultern hoch, gehen in uns selbst in Deckung. Irgendwie ist man immer auf dem Sprung ins nächste Deckungsloch, steht da, hält den Atem an, man möchte sich am liebsten flach auf die Erde werfen und warten, bis das Dröhnen über dem Haus vorbei ist.

Es ist 14.00 Uhr. Spätdienst. Ich hole mir den Tschibuk aus dem Rucksack und setze mich an den Klappenschrank. Im Nebenraum liegt Arno auf dem Strohsack und schläft, Gerhard sitzt unter der Kastanie und reinigt sein Gewehr.

An der gegenüberliegenden Wand die Landkarte von Sicilia, ich lese Namen wie Siracusa, Girgenti, Selinunte ...

Vor vierzig Jahren habe ich über die Stadtstaaten von Sizilien kaum etwas gewußt.

Sie waren keine lebendigen Einheiten, hier gab es keine gleichartigen, gleichdenkenden Menschen wie in den Städten Griechenlands, hier lebten Punier, Sikaner, Griechen und Phönizier, hier war ein Durcheinander von Farben und Religionen, ein Aufeinanderprallen der unterschiedlichsten Anschauungen, diese Städte blühten an den Küstenstrichen auf wie prächtige Orchideen.

Hinter meterdicken Befestigungsmauern das Häusermeer: breite Prachtstraßen, enge Gassen, Plätze und Winkel, Tempelbauten, Durchblicke und Paläste, aber auch jämmerliche Mietskasernen, mehrere Stockwerke hoch, dreckige Schlafstätten für die Heimatlosen, unvorstellbar der Hunger, das Elend, der Reichtum, der Dreck. In diesen Städten lebten Handwerker, Bademeister, Flötenspieler und Ärzte, es gab Priester, Kaufleute und Soldaten, Arbeitslose und Prostituierte, die Athleten hatten damals schon ihre eigenen Trainer, es gab Wagenlenker, Geschäftemacher, Korruption, kaum einer, der sich nicht bestechen ließ, es war eine laute Geschichte, voller Widersprüche, vor den Toren der Stadt die vergessene Sprache der Landschaft.

In farbigen Kleidern gingen die Prostituierten die Straßen auf und ab, ihre Farben waren Purpur und Krokus. Es gab öffentliche Bordelle, ein Hetäreninstitut auf dem Berge Eryx, wo die Elite der griechischen Prostitution ausgebildet wurde. War es nicht Hieronymus, der Tyrann von Syrakus, der die Dirne Peithon aus einem Bordell heraus geheiratet und zur Königin gemacht hat?

Auf den Sklavenmärkten wurden die Gefangenen verkauft, die Verschleppten aus den fremden Ländern, die Fremdarbeiter, mannhafte Burschen, Frauen, Kinder, eingestuft nach Geschlecht, Alter, Körperkraft und Intelligenz. Jeder gewonnene Feldzug erhöhte das Angebot, der Import an Menschen nahm zu, die Preise schwankten, im Durchschnitt kostete ein Sklave nach unserer Währung hundert bis fünfhundert Mark. Kein Platon, kein Aischylos – sie alle haben wiederholt auf den steinernen Stufen des Theaters von Syrakus gesessen – haben jemals über diese Menschen nachgedacht. Es gab Jahre, da kamen auf einen Bürger von Segesta fünf Sklaven.

Wehe, wenn eine Stadt vom Feind umzingelt war, dreihunderttausend Menschen und mehr waren hinter den Mauern zusammengepfercht. In den Gassen brütete die Hitze, stinkendes Wasser in den Leitungen, es gab Hunger, Durst und Epidemien und nicht zuletzt die Geißel Mensch, dieses Irresein, dieses Durchhalten bis zum letzten Mann. Waren Brot und Mehl aufgezehrt, stillte man mit zerstampften menschlichen Knochen den Hunger.

Die eingeschlossenen Städte wußten, was ihnen bevorstand, was eine Niederlage für sie bedeutete. Felsbrocken bis neunhundert Kilo wurden mit Wurfmaschinen sechshundert Meter weit geschleudert, schlugen die ersten Breschen in das Mauerwerk. Monatelang hatte man dem Feind Widerstand geleistet, nun mußte man sich auf Gnade oder Ungnade ergeben. Der Sieger ließ die Stadtmauern schleifen, die Soldaten hinrichten, die Häuser wurden geplündert, gebrandschatzt, dem Erdboden gleichgemacht, der langsam wachsende Ölbaum wurde gefällt, niedergebrannt, Generationen hatten im Schatten dieser Bäume gelebt und gearbeitet. Die Besiegten schleppten sich durch Blut, Kot und Staub, sie wurden als Billigware auf den Sklavenmärkten verkauft. Erbarmen war schon damals ein Fremdwort.

Die Antike ist uns nah, sehr nah, sie ist uns näher, als wir es wahrhaben wollen. Eine Iphigenie hat es auf dieser Insel nie gegeben, die Menschen sind anderer Natur. Doch über allem der grausilberne Ölbaum der Minerva, auf braunem Steinfeld, spärlich verstreut, er allein hat die Jahrtausende überdauert.

Der Ätna erinnert mich auch heute noch an ein riesiges goldenes Götterschiff, das über Sizilien dahinzieht.

Oberbefehlshaber Süd:

Mittelmeer:

In der Nacht zum 7. 6. näherten sich einige feindliche Landungsfahrzeuge der Insel Lampedusa. Zwei Boote wurden versenkt und ein Boot am Strand zerstört. Von der Besatzung dieses Bootes, anscheinend Angehörige einer Kommando-Einheit, fiel die Hälfte im Kampf, während die andere Hälfte gefangengenommen wurde.

Am 8. 6. vormittags forderte der Feind durch Flugblattabwurf die Besatzung der Insel Pantelleria in einem auf sechs Stunden befristeten Ultimatum, beginnend 13.00 Uhr, zur Übergabe auf. Dieses Ultimatum sowie eine am Nachmittag ebenfalls durch Flugblattabwurf übermittelte Drohung des Feindes, die Insel im Falle der Ablehnung des Ultimatums mit 200 Schiffseinheiten und 1000 Flugzeugen anzugreifen, wurde von dem Kommandanten der Insel nicht beantwortet. Es liegen noch keine Meldungen vor, daß ein feindlicher Angriff nach Ablauf des Ultimatums erfolgt ist.

Feindliche Fliegerangriffe:

Pantelleria: 7. 6. 25 Einflüge, insgesamt etwa 250 Bomber.

Zahlreiche Bomben und Beschuß mit Bordwaffen auf verschiedene Gebiete der Insel. Schäden an Privatwohnungen und Militärunterkünften. 1 Treibstofflager in Brand geraten. 6 Feindflugzeuge von deutsch-italienischer Flak abgeschossen, 3 von deutschen Jägern.

10. Juni

Jeden Morgen muß die Stabskompanie antreten, jeden Morgen kommt der Hauptfeldwebel und wirft den Soldaten eine Atebrintablette in den geöffneten Mund: Prophylaxe gegen die Malaria.

Seit gestern sind ständig drei Spitfire in der Luft. Die eine Maschine kreist in einer Höhe von tausend Metern, die zweite hat die Höhe des Ätna, die dritte ist nur noch durch ihren »Brautschleier« auszumachen, den sie sichtbar hinter sich herzieht. Es sieht fast so aus, als wollten sie einen Sperrriegel aufbauen, ein unsichtbares Netz, falls ein deutscher Aufklärer nach Süden vorstoßen will.

Keines der drei Flugzeuge verläßt den Raum, ehe nicht das Ersatztrio da ist, erst dann drehen sie ab und jagen in Richtung Tunesien davon.

Gegen 11.00 Uhr Anruf von der Division. Arno schaltet sich in das Gespräch vorsichtig ein. Es betrifft den Plan »Konstantin«.

Den Anweisungen, die eventuell in den kommenden Tagen von General Guzzoni kommen, der offiziell auch die deutschen Divisionen befehligt, ist nur bedingt Folge zu leisten. Der deutsche Einfluß auf der Insel muß stärker ausgebaut werden. Militärische Lageberichte werden nur dann an die italienischen Stäbe weitergereicht, wenn es sich um ein besonders gekennzeichnetes Papier handelt. Wir müssen immer daran denken, daß eines Tages unser Verbündeter auf der anderen Seite steht.

Ob der Kommandeur, der I A der Division jemals daran gedacht haben, daß sich die Vermittlung in ihre Gespräche einschaltet, daß wir uns irgendwo in der Leitung einnisten, um ihren Worten zuzuhören? Wir können fast alles verstehen, registrieren, nichts von dem Gesprochenen geht verloren. Man nimmt Besitz von einem fremden Menschen, wenn man weiß, wie er denkt und fühlt.

Wir leben als Nachrichtensoldaten im ruhigen Auge eines Taifuns. Seit Wochen wird über Italien und Sizilien ein unerbittlicher Luftkrieg geführt, von La Spezia bis Pantelleria, von Trapani bis Syrakus. Noch geht der Krieg an uns vorüber, noch leben wir in einem Koordinatensystem, das wir nicht kennen, erst in der Stunde X, wenn die Alliierten wirklich auf der Insel landen, werden wir wissen, was auf uns zukommt.

Oberbefehlshaber Süd:

Italien:

Während des ganzen Tages stärkste feindliche Luftangriffe auf die Insel Pantelleria. Insgesamt wurden bis 18.00 Uhr 1351 Flugzeuge, darunter 650 viermotorige, erfaßt.

Angriffe von See erfolgten nicht.

Ein durch Flugblattabwurf erneut gestelltes Ultimatum zur Übergabe der Insel wurde nicht beantwortet.

Über Italien, Sizilien und Sardinien in der Nacht zum 10. 6. und am 10. 6. keine Feindtätigkeit.

12. Juni

Die Vermittlung gleicht heute einem Taubenschlag, die Gespräche kommen angeflogen, setzen sich auf die Leitungen, fliegen wieder ab. Manchmal glaube ich im Kopfhörer das leise Singen des Windes zu hören, dann wieder gleicht es einem Zischen, als wäre ein Teekessel am Kochen.

Gegen zehn Uhr kommt der I A den Feldweg herab. Er geht durch den Vorgarten, bleibt stehen, sieht sich um, betritt die Vermittlung. Ich will aufstehen und Meldung machen, er winkt ab, geht an das geöffnete Fenster und setzt sich auf das Fensterbrett.

Das Gehöft muß vor Jahren ein annehmbarer Besitz gewesen sein, sagt er zu mir, Pinien, Platanen, eine Edelkastanie, unter solchen Baumkronen macht kein Jagdbomber die Vermittlung aus. Und wie ich sehe, auch der Fernsprechwagen ist unsichtbar, wie vom Erdboden verschluckt.

Er steht im Schuppen, wir haben ihn mit frisch geschnittenem Schilf getarnt.

Oberleutnant Geißler zündet sich eine Zigarette an. Nach einer Weile sagt er: Obergefreiter, können Sie mir sagen, wie die Telefonverbindung von der Insel hinüber nach dem Festland ist?

Vom Divisionsstab geht eine Schaltung über Catania, Messina nach Via Reggio.

Sie wissen doch, meine Verlobte arbeitet immer noch beim deutschen Militärattaché in Rom. Ich habe mir die Decknamen der wichtigsten Vermittlungen herausgeschrieben, vielleicht gelingt es Ihnen, nachts einmal durchzukommen, es würde mich freuen, einen Tag Sonderurlaub nach Catania oder Syrakus als Belohnung.

Ich will es versuchen, die günstigste Zeit ist zwischen zwei und drei Uhr nachts, von Caserta aus war es ein Kinderspiel.

Der Oberleutnant steht auf und geht durch den Raum, vor der Landkarte bleibt er stehen.

Ein schönes Blatt, frühes neunzehntes Jahrhundert. Organisiert oder gekauft?

Gekauft, Herr Oberleutnant, gekauft.

Er dreht sich noch einmal um und kommt zurück.

Wie lange sind Sie eigentlich schon Obergefreiter?

Seit Herbst neunzehnhunderteinundvierzig.

Und Sie haben immer noch kein Interesse an einem Unteroffzierslehrgang?

Nein, Herr Oberleutnant.

Dann werde ich dafür sorgen, daß Sie noch in diesem Jahr zum Stabsgefreiten befördert werden.

Danke, sage ich laut.

Er winkt ab und steigt durch das Fenster hinaus in den Garten.

Ich erinnere mich an Caserta. Nach Mitternacht wurden die illegalen Gespräche geführt, da wartete der Herr Major auf die Verbindung mit seiner Frau, der Oberleutnant sprach mit Rom, der Oberarzt mit Passau, da war ein sagenhaftes Geflüster in den Leitungen, die Gespräche gingen kreuz und quer, man war immer auf der Suche nach dem nächsten Decknamen, und die Nachrichtenhelferinnen, diese Drahtamseln, saßen auf ihren Leitungen, man war ihnen mit Haut und Haaren ausgeliefert.

Wenn ich Jüngers »Marmorklippen« aufschlage, tritt die sizilianische Landschaft in den Hintergrund, der Ätna mit seiner Rauchpinie, der Olivenwald, in erschreckenden Bildern kommt Deutschland auf mich zu.

Dieses Buch ist für mich wie ein Geburtshelfer, Erscheinungen und Bezugssysteme werden sichtbar, an denen ich bisher vorbeigelebt habe. Es ist dem Zeitgeist genau so nah wie einst »Hyperion«, nur sind die Metalle hier bereits am Schmelzen, es wird nicht mehr in barer Münze bezahlt. Wie konnte dieses Buch unter den wachsamen Augen der faschistischen Diktatur überhaupt erscheinen? Hier findet man Worte, die setzen sich fest, krallen sich ein in die Haut, reißen dich nachts aus dem Schlaf, ergreifen von deiner Seele Besitz, halten dich wach:

»So kam es, daß wir die Arbeit nicht im Stiche ließen, als der Oberförster in unserem Gebiet an Macht gewann und als der Schrecken sich verbreitete.«

»Einmal, als wir mit dem Capitano tranken, blickte er in den betauten Kelch wie in ein Glas, in dem vergangene Zeiten sich erschließen, und meinte träumend: Kein Glas Sekt war köstlicher als jenes, das man uns an die Maschinen reichte in der Nacht, da wir Sagunt zu Asche brannten.«

»Bei ihnen schmolz die Welt zur Karte ein ...«

»Sie sind die alten Kenner der Macht und sehen eine neue Stunde tagen, die Tyrannis wieder aufzurichten, die seit Anbeginn in ihrem Herzen lebt.«

»Weitaus bedrohlicher erschien jedoch der Umstand, daß alle diese Taten, die das Land erregten und nach dem Richter schrien, kaum noch Sühne fanden – ja, es kam so, daß man von ihnen nicht mehr laut zu sprechen wagte und daß die

Schwäche ganz offensichtlich wurde, in der das Recht sich gegenüber der Anarchie befand.«

»Die Bewohner wurden bei Nacht und Nebel abgeführt. Von dort kam keiner wieder, und was wir im Volk von ihrem Schicksal raunen hörten, erinnerte an die Kadaver der Perlen-Echsen, die wir geschunden an den Klippen fanden ...«

Schlage ich die »Marmorklippen« heute auf, seit vierzig Jahren steht das Buch in meinem Bücherschrank, sehe ich die Dinge in einem härteren Licht.

Der »Oberförster« ist ein Mysterienschänder. Für ihn ist die Lüge das oberste Prinzip des Staates, der Terror wird im Land politisch sanktioniert, die Wahrheit liegt ausschließlich in seiner Hand. Unter seiner Herrschaft gibt es keine Rechtskontrolle, keine freie Meinungsäußerung mehr, jeder kritische Gedanke wird bereits im Keim erstickt, keine gedruckte Zeile ohne Zensur. Ein unsichtbarer Abgrund tut sich vor den Menschen auf, die Freiheit der Gespräche ist verlorengegangen, die Sprache ist nicht mehr in der Lage, Brücken zu bauen, sie dient lediglich der Tarnung, der Verkleidung. Die moralischen Gesetze, nach denen sich auch der Staat zu richten hat, sind außer Kraft gesetzt, keine Staatskunst, die uniformierte Macht dominiert, sie wird ausgekostet, zelebriert.

Oberbefehlshaber Süd:

Nachmeldung zur Einnahme von Pantelleria (Tagesmeldung vom 11. 6.):

Nach rollenden Luftangriffen während der ganzen Nacht und nach besonders starkem Luftangriff gegen 10.15 Uhr griffen feindliche Schiffsverbände in Stärke von zwei Kreuzern, 5–6 Zerstörern, 15–20 Pz.-Kampfwagenlandungsbooten und 60–70 kleineren Einheiten die Insel Pantelleria von Westen und Südwesten an. Nach kurzem Feuergefecht wurde die Insel infolge Wassermangels bedingungslos übergeben. Nach bisher vorliegenden Meldungen lief die Masse der an dem Landungsunternehmen beteiligten feindlichen Sicherungs- und Landungsfahrzeuge zwischen 15.00 und 16.00 Uhr wieder nach Westen zurück.

Neue Meldungen über feindliche Luftangriffe auf Italien liegen noch nicht vor.

14. Juni

Gerhard hat gestern ein Stück Brot auf dem Tisch liegengelassen und ein paar Käserinden, in der Nacht kamen die Mäuse. Heute früh hat Arno hinter dem Gehöft eine Ratte mit der Pistole erschossen.

Störungssuche. Die Landschaft ist arm an Schatten, die Trockenheit knistert unter den Sohlen. In dieser baumlosen Öde wachsen Sträucher mit fingerlangen Dornen, der Stechapfel hat sich eingefunden, der Kapernstrauch, die Zistrose breitet sich aus. Am Wegrand, wo die Kräuter blühen, ein starker stimulierender Duft. Ich gehe den Berg ganz langsam hinauf, man muß beim Gehen das Kabel ganz einfach durch die Hand laufen lassen.

Ein Esel kommt mir entgegen, ich mache einen Bogen um das Tier, ich kenne diese Grauen, sie sind mehr als streitsüchtig, sie kommen auf dich zu, beißen, keilen aus.

Unweit der 4. Batterie stoße ich auf die defekte Leitung. Nagetiere haben die Isolierschicht des Kabels an mehreren Stellen abgenagt, der nackte Draht liegt auf der Erde. Ich beginne die schadhaften Stellen zu isolieren.

In der Mittagsstunde gehe ich hinüber ins Dorf. Wie ein glühender Block liegt die Hitze auf den Feldern.

Einen Steinwurf weit vom Brunnen entfernt steht die Kirche. Kein Glockenturm, kein Portal mit Rosette, jeder einzelne Stein ist vom Wüstenwind ausgebrannt.

Ich öffne die Tür. Vor meinen Augen ein kleines Kirchenschiff, sichtbar die unbehauenen Balken, auf denen der Dachstuhl ruht. Hier gibt es keine romanischen Säulen, keine Kapitelle, an denen der Akanthus sich rollt, keine Kreuzgewölbe, alles bleibt in der Fläche, die Wände sind kahl, schmucklos, keine tonigen Farben, vergebens suche ich nach einer Kanzel, wo über dem Pfarrer der Heilige Geist als

Holztaube schwebt. Im Altarraum drei schmale hohe Fenster, durch die das Tageslicht fällt, keine Glasmalerei. In der Apsis der Pantokrator, ein einfaches Deckengemälde voller Strenge und Güte.

Ich betrete die Sakristei. In der Mitte des Raumes ein kleiner Tisch, ein Stuhl, neben dem Fenster ein wurmstichiger Schrank, an der Außenmauer schlägt der Salpeter durch, ich spüre den kühlen, feuchten Geruch der Steine.

Betroffen gehe ich durch das Kirchenschiff zurück, trete hinaus in die Mittagsglut. Neben der Kirchentür liegen ein paar Arbeiter auf nackter Erde. Die Kirche hat ihr Schattenzelt über sie aufgeschlagen, sie haben sich ihre eigene Müdigkeit über den Kopf gezogen und schlafen.

An der Ostseite der Kirche steht in einer Mauernische die Gottesmutter, zu ihren Füßen staubige Papierblumen.

Auf dieser Insel war es schon immer eine Frau, die man verehrte, da waren Astarte und Ischtar, Aphrodite und Venus, und erst spät, sehr spät die Jungfrau Maria, keine strenge Herrin, eine Mutter, die den Menschen entgegengeht. Sie hält ihre Hand über Haus und Hof, schützt die Kinder vor Krankheit, sie ist die Helferin gegen die unbarmherzige Not, sie bittet in der Stunde des Todes für die Sterbenden, sie ist die himmlische Mutter, ausgestattet mit der Vollmacht des Sohnes. Ein sizilianisches Dorf ohne das Bild der Gottesmutter wäre wie ein Mensch ohne Herz.

Auf dem Rückweg erinnere ich mich an das kleine ukrainische Dorf am Ostufer des Dnjepr, vor dem geöffneten Fenster Staubfahnen, hinter der Rollbahn die Leere. Das eiserne Heulen in der Luft war lange schon vorbei, die Kesselschlacht geschlagen. Ich hatte Nachtdienst, es war ruhig, ein paar Leitungen waren zusammengebrochen, ich sah die brennende Kerze neben dem Klappenschrank, je länger ich in das Licht sah, desto größer wurde die Flamme, und plötzlich mitten im Flammenkern die Schwarze Muttergottes von Tschenstochau, es war wie eine Verheißung, eine Offenbarung. Mit beiden Händen wollte ich nach der Ikone greifen, da kam ein Windzug durch das offene Fenster, die Kerze erlosch. Irgend etwas hatte mich angerührt, mir Mut zugesprochen.

Oberbefehlshaber Süd:
Mittelmeer:
Der Feind besetzte am 13. 6. vormittags die Insel Linosa. Näheres wurde nicht gemeldet.

15. Juni

Dora I, sind Sie noch da? Verbinden Sie mich mit dem IC. Plötzlich ist die Leitung tot, sie gibt das gesprochene Wort nicht mehr weiter.

Gerhard muß hinaus auf Störungssuche, ich sehe in seinen Augen die Angst. Er hat ganz einfach Angst, selbst dann, wenn eine Spitfire fünfhundert Meter von ihm entfernt im Tiefflug über die Erde rast.

Du mußt von deinen eigenen Augen Gebrauch machen, sage ich zu ihm, von deinen eigenen Ohren, beobachte den Himmel, gib acht auf jedes Motorengeräusch, wenn du rechtzeitig in Deckung gehst, wird dich kein englischer Jäger angreifen, du bist mit deiner sandbraunen Uniform an den vertrockneten Berghängen kaum auszumachen.

Die kleinen alltäglichen Gespräche, in die wir uns von Zeit zu Zeit einschalten, sind harmlos. Da geht es um den Nachschub, um die Reparatur eines Motors, in der ersten Batterie gibt es einen Achsenbruch, in der vierten haben sich bei einem Lastkraftwagen die Kolben festgefressen, der Oberarzt telefoniert nach Verbandszeug, die großen, die alles entscheidenden Gespräche, die ganze Regimenter in Marsch setzen, gehen sowieso nicht über unsere Leitungen.

Gegen elf Uhr verlangt der Kommandeur ein Gespräch mit dem Oberleutnant der dritten Batterie. Nach einer Weile schalte ich mich ein. Ich höre den Major mit seinem Bleistift nervös auf den Tisch klopfen: »Herr Oberleutnant, auch mit weniger Waffen kann man Siege erringen, man muß in die Gedankengänge des Gegners eindringen, in seine Vorstellungen ...«

Der Major verwendet nicht das Wort Feind, wie es die anderen Offiziere tun, er spricht vom Gegner. Solche kleinen Unterschiede in der Wortwahl fallen mir erst jetzt auf.

In den letzten Tagen habe ich mich wiederholt gefragt, wie würde ein Militär, Major von Treptow, die sizilianische Landschaft beschreiben, vielleicht so:

Sizilien hat eine dreihundertzwanzig Kilometer lange Nordküste, eine zweihundertfünfzehn Kilometer lange Ostküste, die Südküste beträgt zweihundertfünfundachtzig Kilometer. Für militärische Operationen sind im Norden die Golfe von Palermo und Castellammare von Bedeutung, im Osten die Buchten von Messina, Catania, Augusta und Syrakus, die Südküste hat keinen eingeschnittenen Meerbusen.

Die Insel ist sehr gebirgig, große Tiefebenen, die sich für ein Aufmarschgebiet eignen, sind nicht vorhanden. Südlich von Catania, zwischen den Flüssen Simeto und Gornalinga, liegt eine Ebene, die militärisch von Belang sein könnte, aber auch die Küstenebene im Süden, im Raum von Gela, ist nicht zu unterschätzen.

Abgesehen vom Ätna, der ein selbständiges Gebirgssystem bildet, gibt es Gebirgskomplexe, die von militärischer Relevanz sind: die Gebirgskette an der Nordküste der Insel, das Peloritanische Gebirge, es steigt bis eintausenddreihundert Meter an, das Nebrodische Gebirge, das westlich von Taormina ins Innere des Landes vorstößt und südlich von Cefalù zweitausend Meter erreicht.

In der Südabdachung der Insel liegen die Schwefellager. In diesem Gebirgskomplex herrscht große Wasserarmut, die Berge sind kahl, die Flüsse ausgetrocknet, nur im Winter und im Frühling verwandeln sie sich in wilde Bergströme, die über die Ufer treten und die Verkehrswege unter Wasser setzen.

Das Innere Siziliens ist eine in sich geschlossene Gebirgsmasse, ein ungegliedertes Gebirgsganzes, kein Hochgebirge, aber auch keine Hügellandschaft. Dieses Gebirge könnte Partisanen als Operationsbasis dienen. Die Flüsse sind wasserarm, im Sommer trocknen sie fast ganz aus, nur im Winter füllen sich ihre Betten und wären für eine vorrückende Armee ein beachtliches Hindernis.

Die Küstenebenen im Osten und Süden der Insel hatten in den letzten dreitausend Jahren bei sämtlichen Landungen einen entscheidenden Einfluß auf den weiteren Gang der Operationen. Konnte der Feind auf dem schmalen Küstenstreifen zurückgeworfen werden, war seine Landung mißglückt. Wir wissen heute sehr genau, an welchen Küstenstrichen die Karthager, die Griechen, die Römer gelandet sind, zu allen Zeiten waren diese Stellen für die feindlichen Flottenverbände die Landeplätze, auf denen die weiteren Operationen vorbereitet wurden.

Dem plastischen Raum, dem geologischen Bau der Insel entsprechend, könnte eine Landung der Alliierten an mehreren Stellen der Insel zugleich stattfinden, um sich später zonenartig über die ganze Insel auszubreiten.

Oberbefehlshaber Süd:

Italien:

Am 15. 6. morgens griffen Feindflugzeuge auf Sizilien die Flugplätze Boccadifalco (hart südwestlich Palermo), Milo Chinisia (bei Trapani), Castelvetrano (116 Feindflugzeuge), Sciacca (41 viermotorige Flugzeuge), Wasserflughafen Stagnone (Marsala) und Stadt Trapani und Umgebung an.

Schwere Schäden auf den Flugplätzen. Bisher 10 italienische Jäger als zerstört gemeldet. In Trapani keine Verluste.

Am 15. 6. wurden über Sizilien 20 Feindflugzeuge abgeschossen, davon 7 von deutschen Jägern.

17. Juni

Disziplin-Verstoß. Auf Befehl des Batteriechefs der 3. Batterie, Oberleutnant Riedel, wird der Gefreite Adolf Hofmann mit drei Tagen strengem Arrest bestraft, weil er am 12. Juni nicht zum Morgenappell angetreten war und restlos betrunken im Zelt lag.

Wer weiß, wie viele Maschinen sich auch heute wieder über Sizilien tummeln, es muß in die Tausende gehen. Tag für Tag kommen sie angeflogen; wenn es die Bäume nicht gäbe, die Pinien, die Olivenwälder, die uns von oben her unsichtbar machen, wir könnten uns kaum noch frei bewegen.

Sie haben in den letzten Tagen die Startbahnen der Flugplätze in Klumpen gehauen, die deutschen und die italienischen Maschinen zusammengeschmissen. Wie viele Flugzeuge von der deutschen Luftwaffe werden heute noch einsatzbereit sein? Man spricht von hundertfünfzig bis zweihundert Maschinen. Es gibt auch keine Luftkämpfe mehr, wo sich die Jagdflieger in verwegenen Figuren übersteigen, durch die Wolken jagen, sich fallen lassen und wieder hochziehen, um ihre eigene Maschine in eine bessere Schußposition zu bringen. Die Jagdbomber fliegen stur die Küstenstraße entlang, schießen alles zusammen, was sich unter ihnen bewegt, es ist für sie ein Angriff ohne Risiko. Manchmal ziehen sie eine Schleife, drehen ab, fliegen ins Innere des Landes, stoßen in Bereiche vor, in denen es kaum eine Straße gibt, solche Landschaften locken, auch wenn sie der Pilot nur von oben sieht. Es gibt aber auch Tage, da bekommen sie Feuer von den Vierlingen, dann kann es vorkommen, daß eine Maschine mit einer dunklen Rauchfahne aus dem Verband ausschert. Der Pilot steigt aus, läßt die Kiste schwimmen, irgendwo in den Bergen wird sie aufschlagen und explodieren.

Was ist das für ein Licht, das Tag für Tag über die Insel hereinbricht, das in den Morgenstunden farbige Bögen baut und am Abend Feuer aus den Schneefeldern des Ätna schlägt. Diese Sonnenstrahlen sind mehr als nur losgeschleuderte Partikeln, Wärmequanten, Wellenbewegungen, ich kann sie nicht beschreiben, mir fehlen die Worte …

Ich erinnere mich auch heute noch an dieses unbeschreibliche Licht: Es stürmt vom griechischen Festland herüber, überfällt dich, dringt in dich ein, es ist wie ein tätiger Sturm, der über das Land hinweggeht, der alles aufbricht, Fenster, Türen und Schlösser, dieser Glanz hat die Maske Apollons angenommen.

Man muß die Zypressen, die Pinien selbst einmal gesehen haben, wenn sie in mikroskopischer Schärfe an einem Felsabhang stehen. Nicht nur der Stamm, auch die Nadeln werden von den Strahlen der Sonne umbrandet, es ist, als dringen sie durch die Äste bis hinab in die dunkelsten Bereiche der Wurzeln. Dieses Licht nimmt der Landschaft die Schwere, gibt den Dingen eine überraschende Leichtigkeit, Sicherheit, nach der man in unseren Breiten vergebens sucht, selbst in der Mittagsglut scheint der Schatten der Häuser über dem Erdboden zu schweben.

Am späten Nachmittag, wenn die Landschaft wieder faßbar wird, werden die Dinge körperlich, gewinnen an Substanz, die Perspektive nimmt zu, das Licht hat sich verändert, es ist ruhiger geworden, in den Abendstunden wird es durchlässig für die Nacht.

Ich spiele nicht mehr mit, sagt Arno, ich habe von dieser Verpflegung genug, immer nur Konserven, flüssige Butter, angeschimmeltes Brot, Maisbrot.

Gut, sage ich, holen wir uns ein paar Feigen aus dem Garten.

Feigen und flüssige Butter, das sieht dir ähnlich, nein, wir gehen ins Dorf, in eine Trattoria.

Ich erinnere dich an die Osteria in Caserta, an den Soldatenfraß, dicke weiße Bohnen in Öl.

Sieh dir die Felder im Tal doch einmal an, warum nicht Paprikaschoten mit Reisfleisch?

Eine halbe Stunde später sind wir auf dem Weg hinüber ins Dorf. Wir gehen im Schatten der Bäume, die Straße ist ungepflastert, von den Kettenfahrzeugen zerwühlt, manchmal bleiben wir stehen, spüren die Wärme des Bodens, die durch die Schuhsohlen dringt. Halbnackte Kinder kommen uns entgegen, streunende Katzen, auf dem Dorfplatz, wo der Brunnen steht, begegnen wir ein paar Frauen. Hinter der Kirche, im Schatten einer Akazie, die Trattoria, der Perlenvorhang sieht aus, als wäre schon Odysseus durch ihn hindurchgeschritten.

Wir betreten den Raum. Eine Theke, ein Bord mit Weinflaschen, der Fußboden aus gebrannten Ziegeln, die Wände sind blau getüncht, in der Ecke ein Madonnenbild. Wir setzen uns an das Fenster. Unweit der Theke sitzen drei Männer und spielen Karten, sie sind aus dem Dorf, ich bin dem einen wiederholt schon begegnet, er hat mir beim Isolieren der Leitungen zugesehen.

Der Wirt, ein hagerer hemdsärmeliger Mann, fragt nach unseren Wünschen.

Mangiare, sagt Arno.

Spaghetti?

Niente spaghetti, gebackene Fladen.

Der Wirt sieht uns an, fragend.

Fritella, sagt Arno.

Der Wirt nickt.

Padrone, was gibt es zu trinken? frage ich.

Vino bianco, vino rosso.

Wir bestellen den Landwein, der auch von den Bauern getrunken wird.

Bene, sagt der Wirt und geht zurück in die Küche.

Die Hauskatze tritt durch die Tür, nimmt an unserer Seite Platz, den Blick diskret von uns abgewandt. Eine Katze ist nicht so plump wie der Mensch, der sich in eine Gastwirtschaft setzt und sagt: Ich habe Hunger.

Der Wirt bringt die Bestecke, Messer und Gabel werden zurechtgelegt, die Gläser vor unseren Augen noch einmal ausgewischt, von der einen Seite auf die andere gestellt, und das alles geschieht in Windeseile, man kann gar nicht so schnell hinsehen, wie die Hände des Padrone sich bewegen. Er setzt den Rotwein auf den Tisch. Wir stoßen an, nehmen ihn mit der Zunge auf, dem Gaumen. In diesem Landwein ist nicht nur der Geschmack der Erde, da ist auch das Feuer des Ätna.

Wir essen in Ruhe die Fritelle, diese frischgebackenen Fladen aus Kastanienmehl, die mit Schafskäse bestreut sind, wir haben sie in Caserta wiederholt schon gegessen, sie schmecken köstlich.

Nach den Fladen bringt der Wirt die gebackenen Paprikaschoten mit Reis, Fleisch, Knoblauch und Oliven. Riecht das nicht aufregend? fragt Arno. Etwas essen, trinken und rauchen paßt immer zum Leben, ganz gleich, wo man ist.

Das Reisfleisch ist scharf, die Paprikaschoten machen durstig, und dazu noch der Knoblauch. Jetzt sieht die Katze uns an, ich teile mit ihr das Fleisch.

Hier gibt es keine böhmische Küche, sage ich, keine Mehlspeisen, keine Marillenknödel mit Mohn, Zucker und brauner Butter.

Aber auch nicht diesen preußischen Fraß, antwortet Arno, diesen Erbseneintopf mit Kartoffeln, die mit Mehl angedickten Soßen, weiß Gott, davon habe ich während meiner Militärzeit schon genug gegessen.

Zwei italienische Soldaten treten durch den Perlenvorhang, kaufen sich an der Theke Zigaretten, trinken Mineralwasser und gehen zurück zu ihrem Motorrad, das sie vor dem Fenster abgestellt haben.

Padrone, sage ich, bringen Sie uns noch einen Schoppen Wein, ich zeige dabei auf den leeren Krug. Es ist ein guter Wein.

Nach zwei Stunden sitzen wir immer noch in der Trattoria, denn hier ist die Zeit billig. Wir haben mehr getrunken, als uns guttut, nun spüren wir, wie der Wein in unserem Blut lebendig wird, die Oberhand gewinnt, wie unsere Worte leichter werden.

Plötzlich steht der Wirt noch einmal an unserem Tisch und fragt: Kaffee?

Ja, bringen Sie uns einen Kaffee, sagt Arno und nickt mit dem Kopf.

Ein paar Minuten später stellt der Padrone mit gewandtem Griff zwei Tassen auf unseren Tisch. Der Kaffee ist fertig, der braune Schaum wölbt sich über den Tassenrand.

In froher Stimmung brechen wir auf. Vor der Trattoria findet Arno den abgebrochenen Ast einer Akazie. Er schultert ihn wie ein Straßenkehrer den Besen. Leise vor uns hin summend gehen wir den Weg hinüber zum Gehöft. Auf der anderen Seite des Tales steigen zwei Leuchtpatronen hoch, grün und rot.

Oberbefehlshaber Süd:

Italien:

In der Nacht vom 16./17. 6. haben vereinzelte Feindflugzeuge zahlreiche Personen- und Güterbahnhöfe in Süd-Campania, Kalabrien und Sizilien mit Sprengbomben beworfen und mit MG beschossen. Leichte Schäden, einige Verwundete.

Die Gegend von Neapel ist in der Nacht zum 17. 6. von 20 Feindflugzeugen angegriffen worden. Es wurden Brandbomben, Flugblätter und einige Sprengbomben abgeworfen. Leichte Schäden, bis jetzt 4 Verwundete (3 Soldaten). 1 Flugzeug wahrscheinlich von der Flak abgeschossen.

19. Juni

Wir haben uns längst an die Besuche von Gabriele Struzzi gewöhnt. Er kommt aus dem Tal, bleibt an der Gartenmauer stehen, wir rauchen zusammen eine Zigarette, dann geht er zu seinem Onkel hinüber ins Dorf.

Er ist von einer äußeren und inneren Ruhe, wie man sie bei den Italienern nur selten findet, in seiner ganzen Haltung ist immer etwas Bedächtiges, Prüfendes.

Heute morgen steht Struzzi bereits um acht Uhr an der Gartenmauer. Nun, meine Herren, haben Sie gut geschlafen? ruft er uns zu. Immer, wenn er den Feldweg aus dem Tal heraufkommt, haben wir das Gefühl, daß wir der Welt ein Stück näher sind, daß sie zum Greifen nah hinter dem Ätna liegt. Er ist seit Wochen unsere Tageszeitung, unser Radio.

Der Duce hat keine Luftwaffe mehr, sagt Struzzi und zeigt hinauf in den Himmel, wir haben fast nur noch veraltete Modelle, kaum einsatzfähig. Wer die Luftherrschaft verloren hat, kann auch nicht mehr siegen.

Auch die deutsche Luftwaffe ist durch die ständigen Kämpfe stark dezimiert, selbst der Nachschub wird durch die Luftüberlegenheit der Alliierten empfindlich gestört.

Haben Sie Angst, wenn ein britischer Jagdbomber auf Ihr Gehöft zurast?

Ich möchte nicht das Ziel seiner Bordkanone sein, eine gute Tarnung ist das halbe Leben.

Haben Sie während des Krieges viele Menschen getötet?

Ich habe bis heute noch keinen einzigen Schuß abgegeben, ich war immer nur mit der Kabelrolle unterwegs, habe Leitungen gelegt, Vermittlungen aufgebaut, zerschossene Leitungen geflickt.

Sie Glücklicher, sagt Struzzi, vierzehn Monate lang habe ich hinter einem schweren Maschinengewehr gelegen. Jede Nacht habe ich gebetet, daß mir die Männer verzeihen mögen, die ich am Tag zuvor abgeschossen hatte wie die Hasen. In den ersten Wochen konnte ich überhaupt nicht schlafen, ich sah sie immer wieder auf mich zukommen, anrennen, in den Tod hineinrennen. Heilige Madonna, verzeih mir, daß ich diese Männer töten muß, und in der Nacht habe ich dann geschrien, im Schlaf geschrien. Und heute, junger Freund, erlebe ich zum zweitenmal in meinem Leben einen Krieg.

Wie man so hört, steht uns die königliche Armee auf Sizilien nicht gerade freundschaftlich zur Seite.

Für die Königlichen waren es die Deutschen, die den Tod in unser Land getragen haben, obwohl das nicht stimmt. Im Juni neunzehnhundertvierzig ist Italien in Frankreich eingefallen, außerdem hatte der Duce fünf Jahre zuvor einen Krieg gegen Abessinien vom Zaun gebrochen. So einfach kann man sich die Schuldzuweisungen auch nicht machen.

Waren Sie als Lehrer am Gymnasium Mitglied der faschistischen Partei?

Ich bin parteilos, sagt Struzzi, der Faschismus spielt auf Sizilien eine untergeordnete Rolle.

Das wundert mich.

Der Sizilianer beschäftigt sich vorwiegend mit seinen eigenen Problemen und nicht mit der sogenannten großen Politik, alles, was nördlich oder westlich seiner Insel liegt, ist für ihn uninteressant, er nimmt es nicht an, ignoriert es. Ein anderer Geist prägt hier den Menschen. Im Gegensatz zu Norditalien lebt man hier immer noch nach alten ungeschriebenen Gesetzen, man hat seinen Besitz, die Mafia, jede Stadt hat ihre Madonna, ihre eigenen Heiligen.

Wollen Sie damit sagen, daß der Sizilianer frei sei von jeder politischen Anschauung, die sich auf feste Prinzipien stützt?

Genau so ist es, sagt Struzzi. Es gibt auf dieser Insel so manche traditionsreiche Idee, aber keine politische Bewegung, die den sozialen Problemen des Landes gerecht wird. Hier wird eine Gesellschaft aufrechterhalten, die die Reichen immer reicher und die Armen immer ärmer macht. Die Erfahrungen sind begrenzt, die den landlosen Bauern zur Verfügung stehen, die Destruktivität nimmt zu, sie wird unter den arbeitenden Menschen sogar noch gefördert. Sizilien ist im wahrsten Sinne des Wortes eine Insel.

Plötzlich kommt vom Süden her eine Lightning angeflogen, sie rast im Tiefflug über uns hinweg.

Wie gut, daß es in Ihrem Land die Pinien gibt, unter einem solchen Schirm kann uns kein feindliches Flugzeug ausmachen.

Wenn man in diesem Land zu Hause ist, kann man eines Tages auch die Pinien nicht mehr sehen. Ich habe mich wiederholt gefragt, warum die Deutschen gerade die Pinien so lieben, das Holz hat einen starken Duft, gewiß, aber die Nadeln? Die Nadeln sind es, die diese Bäume so langweilig machen, Kastanien sind mir lieber, ihre Früchte kann man essen. Haben Sie schon einmal einen Kastanienwald gesehen?

Nein.

Das habe ich mir gedacht. Solange es noch möglich ist, sollten Sie in die Kulturregionen des Ätna fahren, es lohnt sich. Ich könnte Ihnen für ein oder zwei Tage ein älteres Motorrad beschaffen, die Straße geht bis zweitausend Meter hoch.

Und was würde das kosten, einschließlich Benzin?

Darüber läßt sich reden, sagt Struzzi, dann drückt er mir wie immer die Hand und geht in Richtung Dorf davon.

Seit Tagen fliegen die Geschwader der viermotorigen Bomber in beachtlicher Höhe nach Norden. Wie viele schwere Flakbatterien wären notwendig, um aus jedem Pulk acht bis zehn Bomber herauszuschießen? Und wo bleiben die deutschen Abfangjäger, die Bomber fliegen ohne Jagdschutz ...

Wenn ich die Landkarte von Sizilien heute aufschlage, dann weiß ich, daß ich damals über viele Dinge überhaupt noch nicht nachgedacht habe.

Vor mehr als zweitausendfünfhundert Jahren gab es die hellenisch-sikeliotische Epoche, zuerst eine aristokratische, später eine demokratische und zuletzt eine tyrannische. Was bedeutete dem Tyrannen die Alleinherrschaft? Macht, Reichtum und Grausamkeit, Lüge, List und Täuschung, die Gegner wurden in den Hinterhalt gelockt, das Schwert war gut geölt, steckte locker in der Scheide. In diesen Stadtstaaten wurde nicht mehr um den Sinn des Lebens gerungen wie einst in Griechenland, hier ging man nicht mehr für die Polis in den Tod. Tagelöhnernde Politik, Korruptionsskandale, kaum ein Feldherr, der sich nicht bestechen ließ, Denker, Dichter und Philosophen wurden aus ihrer Vaterstadt verbannt, es gab Arbeitslager, Zensur, Verbote für Ein- und Ausreisen, die Zahl der Gefallenen auf den Schlachtfeldern wurde manipuliert. Waren das damals schon die Anzeichen eines totalitären Staates? Wer sich einen solchen Brustpanzer anlegt, kann nicht mehr auf die Stimme des Herzens hören.

»Mit der Alleinherrschaft ist es wie mit dem Leben«, soll einst Phalaris, der Tyrann von Agrigent, zu Pythagoras gesagt haben. »Niemand würde geboren sein wollen, wüßte er die Qualen des Lebens voraus: aber sobald man geboren sei, wolle man nicht mehr sterben. So also würde auch niemand Tyrann sein wollen, kennte er im voraus die Pein, die Tyrannen erleiden: sobald man es aber geworden, könne man nicht mehr aufhören, es zu sein.« Es war auch Phalaris, der seine Feinde in einem bronzenen Stier auf langsamem Feuer rösten ließ.

Wenn ein Tyrann starb, liefen bezahlte Weiber durch die Stadt und schlugen mit Löffeln an eiserne Kessel, ein prunkvolles Begräbnis stand bevor. Ein Syrakusaner sagte einst zu seinem Tyrannen: »Oh, Dionys, die Tyrannis ist doch ein schönes Sterbekleid.«

Woher aber kamen die großen philosophischen Gedanken, dieser lebende und immer webende Stoff der Poesie, diese geistige Schöpferkraft, die Vorstellungen, Bilder und Imaginationen, denen wir auch heute noch voller Bewunderung gegenüberstehen? Die griechischen Götter müssen wie ein mächtiges kosmisches Zeichen über die Insel gekommen sein, und in ihrem Schatten die Halbgötter, die Heroen.

Aischylos und Pindar, sind sie nicht wiederholt in den Mauern von Agrigent gewesen? Platon und Pythagoras haben die Insel besucht, Empedokles und Archimedes wurden hier geboren, eine geistige Geographie, die mir Sizilien von einer ganz anderen Seite erschließt. Der menschliche Geist erobert sich die Linie, die Fläche, den Raum, die ersten Schritte in eine mathematische Unendlichkeit werden getan, die Philosophie steht auf der Tagesordnung, alles im Leben wird genau beschrieben, exakt erfaßt, die Individualität gewinnt die Oberhand, die Zeit des Erkennens ist angebrochen, keine göttliche Hand ist mehr im Spiel, auch die Hellsichtigkeit, die Zeit einer Kassandra, ist für immer vorbei, das Denken wird der Schlüssel zum Leben.

Der Mensch hat aus den Händen der Götter eine Last empfangen: die eigene Verantwortung. Mit einem visionären Ferngesicht, das uns heute noch bestürzt, ist sich der Grieche seines Schicksals bewußt geworden, seiner eigenen Geschichte.

Wenn es in der Nacht ganz still ist, hört man auf der Insel auch heute noch das Herz der Geschichte schlagen.

Oberbefehlshaber Süd:

Italien:

Feindliche Luftangriffe auf:

Sizilien: Flugplatz Comiso (17. 6., 12.30 Uhr und 22.40 Uhr). 6 deutsche Flugzeuge am Boden beschädigt, 1 Toter, 1 Feindflugzeug von Jägern abgeschossen.

Flugplatz S. Pietro (Caltagirone, 17. 6., 12.30 Uhr), große Schäden in Flugplatzanlagen, mehrere Flugzeuge beschädigt. 2 Tote. Güterbahnhof Vallelunga, Einzelheiten fehlen.

Flugplatz Trapani (18. 6., vor- und nachmittags). Leichte Schäden, 6 Feindflugzeuge durch Flak abgeschossen.

Messina (70 viermotorige Bomber, 18. 6., nachmittags).

Schwere Schäden in der Stadt, am Güterbahnhof, Haupt- und Hafenbahnhof. Bis jetzt 9 Tote und 35 Verwundete gemeldet, 2 Feindflugzeuge von Jägern abgeschossen.

Syrakus (in der Nacht zum 19. 6.). Beträchtliche Schäden in der Stadt, 11 Tote und 20 Verletzte.

Überführung der Div. »Hermann Göring« nach Sizilien über die Straße von Messina begann am 19. 6.

Von 29. Pz.-Gren.-Div. 11 Züge im Raum Foggia eingetroffen.

21. Juni

Jeden Morgen gehen die landlosen Bauern aus dem Dorf an unserem Gehöft vorbei hinunter ins Tal.

Tag für Tag sehe ich ihre Gesichter, höre ihre Stimmen, doch immer wieder stehe ich vor einer unsichtbaren Wand, die ich nicht durchbrechen kann, weil ich die Sprache der Männer nicht verstehe. Vor ein paar Tagen hat Struzzi zu mir gesagt: Die Landbevölkerung auf Sizilien spricht einen oft schwerverständlichen Dialekt des Italienischen, einen Dialekt, der mit arabischen, griechischen und iberischen Sprachelementen durchsetzt ist.

Am späten Vormittag ein Anruf vom I A: der Feldfernsprecher des Kommandeurs sei defekt. Zwanzig Minuten später melde ich mich in seinem Arbeitszimmer.

Major von Treptow sitzt am Fenster und reinigt seine Pistole. Auf dem Tisch liegen ein paar Karten, Großblätter, wahrscheinlich Meßtischblätter aus dem Raum südlich von Catenanuova.

Obergefreiter, die Sprechmuschel ist defekt, die Teilnehmer können mich nicht verstehen.

Herr Major, ich habe einen neuen Apparat mitgebracht.

Nach einer Weile: Der I A hat mir berichtet, Sie hätten die Vermittlung vorbildlich getarnt.

Wir haben uns Mühe gegeben.

Hatten Sie in den letzten Wochen Sabotageakte an den Leitungen zu unseren Batterien?

Bisher konnten wir keine mutwilligen Beschädigungen feststellen.

Eine Sorge weniger. Übrigens, ich habe gestern Ihren Urlaubsschein unterschrieben. Wohin soll denn die Reise gehen?

Nach Paterno, in die Kulturregionen des Ätna.

Der Major legt die Pistole aus der Hand und sieht mich an. Eine gute Idee, ich dachte schon, Sie wollten mit dem Postauto hinüber nach Catania ins Nuttenviertel. Wenn es soweit ist, lassen Sie sich von meinem Schreiber das genaue Datum einsetzen.

Danke, Herr Major.

Major von Treptow kommt aus dem pommerischen Adel. In der Regel übernahm der Erstgeborene das Gut, der Jüngere wurde Offizier: Kadettenanstalt, Offiziersschule, später eine kommandierende Stelle beim Heer. Der Weg ging vom Leutnant über den Rittmeister zum Major.

Der preußische Offizier lebt von einer Grundsubstanz, die meinem Wesen fremd ist. Er hat sich von Kindheit an einer Idee verschrieben, die Uniform ist für ihn etwas Absolutes, die Tradition, Offizier zu sein, fast schon wie eine Religion. Ich habe nie erlebt, daß ein preußischer Offizier den Versuch unternahm, sich in einen anderen Menschen hineinzudenken, alles ist für ihn gewollt, selbst der Charakter. Er benötigt zu einem sinnvollen Leben den Soldaten, die Kompanie, das Regiment.

Über einen Stoßtrupp, über ein Regiment können diese Herren einen ganzen Vormittag einen Vortrag halten, doch über den Menschen …

Wenn ich heute zurückdenke: preußischer Geist als Punktualität, ein Geist, der nur sich selber kennt, in sich selber ruht.

Der preußische Staat hat seinen Untertanen alles abverlangt, er war eine der präzisesten Maschinerien, die es auf deutschem Boden gegeben hat, eine restlos hörige Beamtenschaft, ausgestattet mit Privilegien, hat ihn getragen. Ohne

Widerspruch unterwarf man sich der Autorität, Staatsgesinnung als oberstes Prinzip. Befehl und Disziplin haben historische Dimensionen angenommen. Dieser Staat hat sich nur selten auf den Weg der Kultur begeben, und wenn er ihn wirklich einmal beschritt, war er zu kurz.

Neben der militärischen Disziplin, dem Befehl, der die individuelle Struktur des Menschen wegfrißt wie Salzsäure, gibt es in unserem Leben noch eine andere Disziplin, eine Disziplin, die aus dem Schöpferischen kommt, sie allein wird dem Menschen gerecht.

Nachtdienst. Gegen vierundzwanzig Uhr fällt die Klappe, ich melde mich. Keine Verbindung, die Leitung scheint tot zu sein, nur die Schreie der Nachtvögel vor dem Fenster.

Was soll ich tun, lesen, Briefe schreiben? Ich hole mir aus dem Rucksack den Katalog über das Museo Nazionale in Neapel, ich hatte es von Caserta aus besucht.

Bereits auf den ersten Seiten die nackten kämpfenden Leiber der Griechen, von Schilden geschützt, ich sehe in ihrer Hand das Schwert, den Speer zum Wurf erhoben, die Gefallenen bäumen sich noch einmal auf. Wohin das Auge auch blickt, immer nur dieses Heldsein, dieses fürchterliche Morden, und das alles herausgehauen aus dem Stein, dem Marmorblick. Diese Krieger, haben sie nicht alle in höherem Auftrag gehandelt, auf Befehl, genauso wie wir? Und wo das Menschenwort nicht mehr ausreichte, hat man das Wort der Götter zu Hilfe genommen.

Ich erinnere mich an die Museumsbesucher, keiner von ihnen hat das Klirren der Schwerter gehört, das Aufeinanderprallen der Schilde, immer nur diese Stille, diese furchtbare Stille. Da waren mir die Vitrinen mit den Vasen, den Krügen schon lieber: Odysseus, gebunden an den Mast eines Schiffes, er allein darf den Gesang der Sirenen hören, seinen Kameraden hat er die Ohren mit Wachs verstopft …

Orpheus singt. Er ist umgeben von Tieren, neben dem Löwen ein Jüngling, der sich auf seinen Speer stützt und zuhört, ein Kentaur, man ahnt die schmerzhafte Spannung, dieses rettungslose Gebanntsein, halb Tier, halb Mensch …

Auf jeder Vase, auf jedem Krug eine andere Gestalt. Gerufene, die aus der Unterwelt kommen, Eurydike …

Man muß diese Bilder nur lange genug ansehen, dann fangen sie von selbst an zu atmen, zu leben …

Und Münzen haben sie gehabt, diese Städte in Griechenland, in Sizilien …

Ein gesenkter Löwenkopf, mähnenlos, früharchaisch, 6. Jahrhundert vor unserer Zeitrechnung –

auf der Vorderseite der Münze der Kopf der Demeter, auf der Rückseite ein Delphin mit einer Ähre –

der Kopf der Athene behelmt, auf der anderen Seite ihr Lieblingsvogel, die Eule –

und dann der Kopf des Apoll, letzte Epiphanie, der Adler auf einem Blitzstrahl.

Wie gut, daß es im Raum von Catenanuova keine Tempeltrümmer gibt, keine Travertinblöcke mit den honiggelben Kannelüren, keine abgeschlagenen Kapitelle mit jenem rötlichen Gelbton, der erscheint, wenn die Sonne untergeht. Nur keine Sehnsucht aufkommen lassen nach der Vergangenheit. Kann sich der Mensch den Luxus solcher Tempeltrümmer heute überhaupt noch leisten? Das Leben ist das Schmerzhafte, nicht der Stein.

In den leeren Augen der griechischen Krieger hätten selbst noch die Blicke aus unserem Jahrhundert Raum.

Oberbefehlshaber Süd:

Italien:

Bei der Überführung der Div. »Hermann Göring« nach Sizilien konnten die vorhandenen Übersetzungsmittel nicht voll ausgenutzt werden, da durch die Luftangriffe Marschstockungen entstanden sind. OB Süd rechnet damit, daß die Division bis Anfang Juli voll nach Sizilien übergeführt ist.

Von 29. Pz.-Gren.-Div. sind insgesamt 33 Züge im Raum Foggia, von Sturmbrigade »Reichsführer SS« die ersten 3 Züge im Raum Sarzana (ostwärts Spezia) eingetroffen.

Feindliche Luftangriffe:

Am 21. 6. auf Neapel und Umgebung (ca. 170 Flugzeuge): schwere Schäden in Wohn-, Industrie- und Hafengebieten.

In Cancello Bahnhof, Wasserleitung und einige deutsche Baracken getroffen. Zahl der Verluste noch nicht gemeldet.

Salerno (30 viermotorige Flugzeuge): Treffer in Bahnhof, Kasernen und Wohngebäuden. Bisher 87 Tote und 149 Verwundete festgestellt, größtenteils Soldaten.

Am 21. 6. wurden insgesamt 11 Feindflugzeuge von Jägern und Flak abgeschossen.

Bei dem bereits gemeldeten Luftangriff auf Messina in der Nacht zum 20. 6. wurden die Tanker »Velino« und »Tricolore« versenkt und MFP beschädigt.

23. Juni

Die mediterrane Atmosphäre auf Sizilien hat etwas Verläßliches, eine Beständigkeit, die den Klimaten der deutschen Mittelgebirge fremd ist. Keine Wetterstürze, kein Kälteeinbruch, da ist ein gleichmäßiges herz- und nervenstärkendes Klima, das auf das Bewußtsein des Menschen durchschlägt, auf sein Denken, Fühlen und Handeln.

Wir müssen hinaus auf Störungssuche, sage ich zu Arno, wir lassen Gerhard am Klappenschrank zurück.

Die Luft ist voller »Hornissen«.

Ich weiß.

Kein guter Auftrag bei dieser Lufttätigkeit.

Wir fahren los. Der Hügelrücken ist unbewohnt, nur ein paar Büsche, baumartige Sträucher, der Buchsbaum, der Mäusedorn mit seinen Stacheln, die blaugrüne Agave, auch ein paar Pinien stehen da, greisenhafte Bäume, die drahtfeinen Nadeln, die sich nur noch selten zu dichten Bärten büscheln, sind ausgetrocknet.

Ich gehe der Strippe nach, sie liegt im Straßengraben, ein Stück weiter schwingt sie sich von Baum zu Baum. Arno bleibt stehen, zündet sich eine Zigarette an, dann gehen wir weiter, ganz langsam, manchmal schalten wir uns in die Leitung ein, doch es meldet sich immer nur Gerhard, die Verbindung zur Batterie bleibt tot. Plötzlich halte ich das Kabelende in der Hand, der Draht ist mit einer Zange durchgekniffen, mindestens hundert Meter wurden aus der Leitung herausgeschnitten.

In diesem Augenblick höre ich hinter meinem Rücken Arnos Stimme: Volle Deckung! Ich drehe mich um, er zeigt nach dem Süden. Ich lass' das Kabel fallen und werfe mich hinter den nächsten Baum, eine Pinie mit mächtigem Stamm. Ich presse mich fest an die Erde, fester geht es nicht, ich weiß, zehn Zentimeter höher oder tiefer können über mein Leben entscheiden, jede kleinste Vertiefung muß der Körper ausnützen. Ich stoße mit dem Ellenbogen gegen eine Wurzel, strecke mich, und schon ist das Flugzeug über uns, legt seine Splitterbomben. Ich sehe auf der gegenüberliegenden Straßenseite eine ganze Kette von Erd- und Rauchfontänen hochsteigen, ein trockener Hagel aus Eisen, Holz und Steinen geht auf die Straße nieder. Und schon zieht die Maschine auf der anderen Seite des Tales wieder hoch, legt sich schräg, eine Wendung, die man im Laufe der Jahre einschätzen kann, kommt zurück. Vielleicht ahnt der Pilot, daß seine Bomben das Ziel verfehlt haben. Nein, er kommt nicht auf die Pinien zu, er fliegt die schattenlose Straße ab, Feuerstöße aus den Bordwaffen. Die Kugeln pfeifen über mich hinweg, schlagen in den Stamm der Bäume, Querschläger im Geäst, ein Todeshagel. Wer jetzt auf der Straße liegt – ich spüre, wie mein Herz bis in den Hals hinauf schlägt.

Wenige Sekunden später steht Arno neben mir, schüttelt sich den Staub aus den Haaren.

Mein Gott, wo hast du denn gelegen?

Keine zehn Meter von dir entfernt, in einer Mulde. Der Pilot hätte drei Sekunden früher auf den Knopf des MGs drücken müssen und nicht seine Splitterbomben werfen, er hätte mich mitten im Sprung erwischt.

Ich stehe auf, das Hemd ist naß vom Schweiß. Ich taste mit den Händen meinen Oberkörper ab, die Arme, die Beine, auf der Uniform keine Blutflecken, die Zeit tritt in mich ein, und plötzlich ist auch die Landschaft wieder da, die Pinie, der Fernsprechwagen unter den Oliven. Der Schrecken ist vorbei, als wäre er nie gewesen.

Zwei Stunden später sitzen wir unter der Kastanie, die Feldflaschen in der Hand. In einem solchen Augenblick wird das Wasser, das wir uns aus der Zisterne holen, zu einem Lebenselixier, da ist alles vergessen, der Angriff des Jagdbombers, der Beschuß, die schwere Kabelrolle auf dem Rücken.

Aqua – was für ein Wort, das klare durchsichtige A am Anfang und am Ende der Vokabel.

Am späten Nachmittag verlangt der Kommandeur von seinen Batteriechefs einen Bericht über die augenblickliche Gefechtsstärke.

Nach dem Abendbrot geht Arno hinter das Gehöft auf Rattenjagd. Ich höre von Zeit zu Zeit seine Schüsse.

25. Juni

Es ist Ende Juni. Vor unserem Fenster blüht die Feigendistel, scharlachrot der Granatapfel, der Schwarzkümmel hinter dem Haus steht blaßblau.

Am späten Vormittag sehe ich den Hauptfeldwebel die Straße herabkommen. Er ist ein Mann aus dem Hunderttausendmannheer. Wer aus diesem Heer kommt, kennt kein anderes Ziel als das Soldatsein. Er ist stolz auf seinen Werdegang, auf das Erreichte.

Er gehört nicht zu den Hauptfeldwebeln, die immer nur brüllen, wenn die Kompanie angetreten ist, er ist ein Mann, der nicht aus der Rolle fällt, ich habe noch nie erlebt, daß er einen Soldaten angeschrien hat, er ist in jeder Beziehung korrekt. Er glaubt, daß dieser Krieg sein eigener Krieg ist. Seine linke Hand ist gelähmt, ein Granatsplitter hat ihm im Polenfeldzug den Radialisnerv durchschlagen. In Caserta, als ich ihm des Nachts einmal ein Gespräch mit seiner Frau vermittelte, sagte er zu mir: Obergefreiter, diese Scheißbürger in unserem Land, diese Goldfasane, die alles haben, nur kein eigenes Schicksal.

Er kontrolliert unsere Waffen, die Pistolen, die Karabiner,

zählt die Handgranaten nach, er ist zufrieden mit unserer Unterkunft, wir erhalten für die Tarnung ein Lob. Er hätte mit seinem Feldstecher weder den Fernsprechwagen noch andere Dinge ausmachen können.

Als er die Vermittlung verläßt, bleibt er in der geöffneten Tür noch einmal stehen, dreht sich um und sagt: Obergefreiter, du solltest deine Gespräche mit dem Ithaker aus dem Tal einstellen. Deine Beförderung zum Stabsgefreiten könnte sonst auf Schwierigkeiten stoßen.

In der Mittagsstunde, wenn die Zikaden zu schreien beginnen, scheint sich das Land wie eine Blüte zusammenzufalten, so groß ist die Hitze.

Das Surren einer Fliege bringt Leben in den späten Nachmittag. Plötzlich ein krachendes Geräusch, ich springe auf und sehe aus dem Fenster, es war aber nur die Tür, die Arno zugeschlagen hat.

Nachtdienst. Dreiundzwanzig Uhr, keine Anrufe mehr, ich schneide die Seiten eines alten Buches auf. Es ist ein dünner schmaler Band, ich habe ihn in Neapel erworben, in einem Antiquariat, es sind die Fragmente des Empedokles.

Eine halbe Stunde später lege ich das Buch aus der Hand und sehe hinaus aus dem Fenster. Die Blätter im Kastanienbaum werden nicht still ...

Ich sitze an meinem Schreibtisch, der Himmel ist zugezogen, kein Stern, es beginnt zu regnen.

Empedokles wurde 492 vor der Zeitrechnung zu Akragas geboren, dem heutigen Agrigent. Akragas war die Stadt der Persephone, eine reiche, verrufene Handelsstadt mit einigen hunderttausend Einwohnern. Er schreibt: »Die Bewohner der Stadt sind unersättlich in der Freude, als ob sie morgen schon sterben müßten, und sie bauen ihre Paläste, als ob sie ewig leben würden.«

Er war noch ein Kind, als die Perser bei Saloniki und die Karthager durch Theron, den Tyrannen von Akragas, bei Himera geschlagen wurden. Er sah die Gefangenen den Tempelschmuck meißeln, doch siebzig Jahre später wurde auch seine Vaterstadt von den Karthagern dem Erdboden gleichgemacht.

Von seinen fünftausend Versen sind vierhundertfünfzig auf uns gekommen, Bruchstücke einer großen Konfession. Fragmente waren für mich immer schon faszinierender als ein in sich abgeschlossenes Werk. Das Unabgeschlossene, Offene tritt in den Vordergrund, man ahnt die Zäsur, das Zusammenbrechen und Wiederaufstehen, den Bannkreis, der beim Schreiben durchbrochen werden muß. Das in sich geschlossene Werk ist oft wie eine Tür, die man hinter sich ins Schloß wirft.

Empedokles war nicht nur Dichter, Philosoph, er war auch ein machtvoller Arzt. Er wollte den Menschen das Leben menschlicher machen, das Gebiet um Selinunte gesünder, er bekämpfte die Pest, schützte seine Heimat gegen die afrikanischen Winde, kannte aber auch die fieberbringende Landschaft vor den Toren seiner Vaterstadt, Persephones Wiesen, die in die Unterwelt führen. Sein Leben versickerte nicht in Kontemplationen, er lebte mitten unter den Menschen, denn schon damals brachten die Städte alles hervor, den Mörder und den Heiligen, den Staatsmann und den Verbrecher, die großen Liebenden und die Huren. Er schloß die Frauen aus seiner Gemeinschaft nicht aus, nahm sie als Schülerinnen auf. Er blieb vor den geöffneten Türen der Armut stehen, redete mit den Arbeitslosen, den Frauen, den Kindern, kannte die verrufenen Schenken, wußte um die Träume der Menschen, um ihren Wahnsinn, wenn sich in ihnen etwas verrückte. Er ließ die Armen wieder leben, die Verschütteten ausgraben, er war nicht nur ein Arzt für die reichen und freien Bürger der Stadt, er war auch der Arzt der Armen.

Und kennen sollst du jedes Kraut, das Krankheit
und Alter abwehrt – dir nur geb' ich alles –
die ruhelosen Winde sollst du bannen,
die erdwärts sausend Tod auf Fluren wehn,
und sollst sie, wenn du willst, zurückbeschwören,
in Dürre sollst du dunklen Regen wandeln

zur rechten Zeit und wieder Sommers Darre
in Ströme, baumernährende, vom Himmel.
Erstorbene sollst du aus dem Hades führen.

Er kannte die Heilkraft der Pflanzen, forschte nach den Symptomen der Krankheit, suchte im Körper den Ort der Schmerzen auf, verordnete Medikamente, beobachtete das Fieber, die Malaria, räumte die inneren Schlacken weg, bahnte im Körper des Kranken der Natur einen Weg. Er wußte um die Heilkraft der Luft, des Wassers, der Erde, der schwefelhaltigen Bäder, wollte seine eigene Wahrheit in die Naturwahrheit mit einbringen. Götter waren für ihn die Verkörperungen einer Idee und die Heilpflanze eine aus der Natur sich entwickelnde Offenbarung. Er kannte die Heilung des Menschen durch die kultische Epiphanie, durch die Kraft der Gebete, des Glaubens:

Wie sie im Wachen andere werden, also
kommt ihnen anderes Schauen auch im Traum ...

Empedokles wußte, daß es Heilungen gibt, die sich jeder rationalen Analyse entziehen. Der Kranke muß sich auf sein eigenes Ich konzentrieren, den Hinweis auf die Heilung in sich selbst erfahren, einen Zustand der Verdichtung herbeiführen. Es gibt in jedem Menschen, solange seine Lebensuhr noch nicht abgelaufen ist, einen undefinierbaren Ort, wo sich die Heilkräfte im Körper wieder sammeln.

Arzt sein war für ihn eine Berufung. Er führte die Menschen zu den Toten und die Toten zu den Lebenden, er zeigte ihnen den Abgrund, in den sie stürzen werden, wenn sie nur für sich selber leben und keine Brücken mehr bauen. Es sind Worte, die auf die Selbstverantwortung des Menschen hinweisen: »Das Gute sollte man stets nur für andere Menschen vollbringen und nicht für sich.«

Du mußt die anderen mitnehmen,
wenn du nur an dich selber denkst,
wirst du zurückbleiben ...

Oberbefehlshaber Süd:

Italien:

Die Überführung der Div. »Hermann Göring« nach Sizilien verlief planmäßig und wird voraussichtlich am 30. 6. abgeschlossen sein.

Von 29. Pz.-Gren.-Div. sind bisher insgesamt 66 Züge, von Sturmbrigade »Reichsführer SS« 12 Züge in den Unterbringungsräumen eingetroffen.

Feindliche Luftangriffe am 26. 6. auf:

Messina (200 Flugzeuge). Schwere Schäden an Wohnhäusern, öffentlichen Gebäuden, Kasernen und anderen militärischen Objekten. Betriebsstofflager brennt, Munitionslager ist explodiert, Bahnverbindung mit Palermo und Catania unterbrochen. Bis jetzt 62 Tote und 75 Verletzte gemeldet.

Comiso (60 km westlich Syrakus) (15 Flugzeuge). Einzelheiten fehlen.

In der Nacht zum 26. 6. S. Nicandro (Bari). Schäden an Wohnhäusern, 10 Tote und 10 Verwundete.

Messina und Reggio di Calabria. Einzelheiten fehlen.

Am 25. 6. wurden 12 Feindflugzeuge durch Jäger und 6 durch Flak abgeschossen.

27. Juni

Meine Mutter hat mir im letzten Urlaub zwei kleine Goldmünzen aus dem alten Österreich und einen Mariatheresientaler geschenkt. Wenn du in Not gerätst, hat sie zu mir gesagt. Oder war es das Geld für Charon?

Für den Mariatheresientaler hat mir Struzzi ein Motorrad beschafft, ich kann es zwei Tage lang behalten, es ist vollgetankt und hat einen Reservekanister mit zehn Litern.

Es ist sechs Uhr früh. Ich fahre durch eine sonnige Morgenlandschaft nach Nordosten, in der Tasche den Urlaubsschein. Auf beiden Seiten der Straße Plantagen, Orangen- und Limonenhaine, Fasane fliegen von den Feldern hoch, italienische Soldaten kommen mir entgegen, Arbeiter sind mit dem Fahrrad unterwegs, ein kleiner Pinienwald, rauhe mannsstarke Stämme, die Nadeln blaugrün. Es ist ein farbiges Miteinander, in den Gärten blühen die Sträucher, die ersten Früchte locken an den Bäumen, es ist ein beglückendes Gefühl, durch eine solche Landschaft zu fahren, irgendwo müßte sich jetzt eine Tür auftun, man müßte eintreten und bleiben.

Mit viel Geknatter geht es die Straße bergauf und wieder bergab. Das Land gleicht einem Obstgarten. Die Früchte des Paradieses können nicht süßer, nicht farbiger gewesen sein, die Marillen, die Birnen, die Äpfel, wohin das Auge auch blickt, früchtetragende Bäume. Landarbeiterinnen harken in archaischen Reihen die Felder, in den Dörfern stehen die Kinder vor den Türen, sehen mich an, und schon habe ich ihre Gesichter wieder vergessen. Die Straße ist breit, ein Vogel schießt mit wildem Schrei an mir vorbei, in der Ferne die Häuser von Paterno, kulissenartig, im Weichbild der Stadt die ersten Villen.

In dieser Gegend haben die Latifundienbesitzer ihre Landhäuser, lichte farbige Bauten, rosenholzfarben getüncht, ocker, blau, aber auch auf den Hügeln und Nachbarhügeln verstreut die gekalkten Würfel. Wer an diesen Villen vorüberfährt, muß ganz einfach stehenbleiben und schauen. Die Gartenmauern, eher abweisend als anziehend, aber dann der Blick durch das Tor: Lorbeerbäume und Zypressen, der Mohnbaum blüht, Riesenbüsche mit zeitlosen Formen, Anemonen sind über das Gelände verstreut, Asphodelen mit goldgelbem Blütenstand, da ist die Feuerlilie mit ihren lodernden Pigmenten, und immer wieder die kletternden Rosen, dunkelrot, gelb.

Die Straße geht durch ein kleines Dorf, eine Mauer springt vor, zweirädrige Karren, bunt bemalt, kommen mir entgegen, ein Weg biegt ab. Ich fahre an den Straßenrand, bleibe stehen, sehe die Karte ein, die mir Gabriele mitgegeben hat.

Terrassenförmig steigt aus der Ebene von Catania der Berg. Die erste Kulturregion geht bis fünfhundert Meter hoch. Hier liegen die Dörfer, die Villen, die Zitronen- und Orangenhaine, hier wächst die Dattelpalme, die Feige, der Granatbaum, die Blutorange reift, die Traube für den Ätnawein. Opuntien schützen als lebende Zäune die Gärten, ihre Blüten sind von einem grellen, weithin leuchtenden Gelb. Die Lavabrocken werden zu kleinen mörtellos gefügten Mauern aufgeschichtet, lauter schwarze Streifen inmitten einer blühenden Landschaft.

Ich fahre den Berg hinauf, wie ein langer Silberfaden läuft die Straße durch helle, lichte Plantagen. Ich überhole eine Ziegenherde, vor der Tür eines Hauses stehen ein paar Frauen, sie schauen mir kopfschüttelnd nach. Vor einem Fenster flattern in einem großen gelben Käfig ein paar Vögel, und wieder diese Weite.

In der mittleren Kulturregion liegen die Weingärten, die Kastanienwälder. Hier wächst der Johannisbrotbaum, Walnüsse reifen, Maulbeeren und Arbutuskirschen, in dieser Region wächst alles, was ein Kinderherz zu Weihnachten begehrt. Fast könnte man glauben, man sei in einem Paradies, diesem hügeligen, leicht abgestuften fruchtbaren Gelände mit den dunklen Stützmauern, den aufgemauerten Lavablöcken.

Blickt man hinaus in das Land, tut sich eine Ebene auf, schachbrettartig aufgeteilt: Felder, Plantagen, Zisternen, glitzernde Kanäle, ein Gebiet, das weit über Belpasso hinausgeht. Es ist eine Landschaft, die mich bei aller Mannigfaltigkeit, bei allem Wechsel von Licht und Schatten immer wieder überrascht. In der Ferne, hinter Catania, eine zarte Dunstschicht, das Meer.

Unruhe treibt mich den Berg hinauf. Die Regionen der Dörfer liegen hinter mir, die Rinnsale, die quer über die Straße laufen, nehmen zu, eisenbraun kommt das Wasser den Berg herab.

Ich traue kaum meinen Augen, in der oberen Region ein zusammenhängender Laubwald mit Grüneichen, Buchen und Platanen, Lorbeer- und Haselnußsträuchern, ein hellgrünes rauschendes Berggewand, aber auch die Weißtanne mit ihren langen dünnen Nadeln hat Wurzeln geschlagen, die Pinie, langstämmig, und überall die lianenförmige Clematis, die Waldrebe.

Die Nadelbäume nehmen zu, Kiefer, Fichte und Tanne, da

und dort eine eingezäunte Baumschule, lauter Baumkinder, die in Reih und Glied den Berg hinaufsteigen. Weiter oben ein immergrüner Niederwald, Latschenkiefern, Ginstergestrüpp, zottiges Knieholz. Neben der Straße, die immer schlechter wird, ein steiniger, mit Grasbüscheln bewachsener Lavahang. Ich lass' das Motorrad auf der Bergstraße stehen und gehe den Hang hinauf. Zum erstenmal spüre ich die Ausdünstungen des Berges: Schwefelgeruch.

Die Landschaft hat plötzlich etwas Ödes, Düsteres angenommen. Hier ist es still, sehr still, nur der Wind, der sich zwischen den Lavablöcken verfängt, setzt von Zeit zu Zeit seine Akzente. Es hört sich an wie das Pfeifen der Murmeltiere, wie das Fauchen einer Wildkatze. Über allem aber steht der Himmel. In dieser Höhe ist seine Farbe hart, ein tragisches Blau, ein Empedoklesblau.

Ich steige in das Lavafeld ein. Wohin das Auge auch blickt, eine Landschaft, die erbarmungslos den Menschen auf sich selbst zurückwirft, immer nur diese schwarzen Schlacken, diese erstarrte Bewegung, da und dort erkennt man noch den Weg, den die Lava einst genommen hat, sieht, wie sich der neue Strom über den alten hinweggewälzt hat.

Diese Landschaft gleicht einem Chaos, alles ist wüst, zerlöchert, öde und leer, eine Monotonie, die erschreckt, ein grandioses Panorama plutonischer Gewalten. Mit unvorstellbarer Kraft wird die glühende Masse nach oben gepreßt, das in die Luft geschleuderte Magma explodiert, Feuerbäche wälzen sich den Berg herab, Aschenregen setzt ein. Der Berg ist unberechenbar bis auf den heutigen Tag, keiner weiß, zu welcher Tages- oder Nachtzeit aus seinem Krater eine neue Feuersäule aufsteigen wird, wann und wo aus den Spalten die Lava hervorbricht. Wenn der Ätna seine Steinbomben in die Luft schleudert, seinen Aschenregen, dann sind die Menschen aus den umliegenden Dörfern auf der Flucht.

Eines Tages aber setzt das Leben auch hier wieder seinen Fuß auf die erkaltete Schlacke, der plutonische Schrecken wird gemildert, nach zwei Generationen wird die Lava fruchtbar. Der erste Anflug einer Vegetation: ein paar Flechten, ein paar Grashalme, die in den Lavaspalten Halt suchen, die Heide breitet sich aus, der Ginster, der Heilige Dorn wächst in gedrängten Büscheln. Er setzt sich auf der rohen Lava fest, seine Blüten, kleine gelbe Kugeln, die nach Thymian duften. Die Sizilianer nennen diesen Strauch Alcemise, ein schöner Name.

Ich sehe auf die Uhr, es ist später Nachmittag, vor Einbruch der Dunkelheit möchte ich wieder im Gehöft sein. Langsam gehe ich zu meinem Motorrad zurück, freue mich auf die Rückfahrt, auf die Ebene, die Dörfer, auf die leuchtenden Früchte, den Obstgeruch.

Oberbefehlshaber Süd:

Italien:

Sturmbrigade »Reichsführer SS« ist vollständig im Unterbringungsraum La Spezia eingetroffen. Alle übrigen Transportbewegungen laufen planmäßig.

Etwa 30 Feindflugzeuge haben in der Nacht zum 27. 6. in 5 Wellen Neapel mit Brand- und Sprengbomben angegriffen. Geringer Schaden. 2 Feindflugzeuge wurden von der Flak abgeschossen.

30. Juni

Grauer Tag. Über uns eine Wolkendecke, die nur im Süden an einigen Stellen aufreißt. Keine Sonnenflecken in der Landschaft.

Unser Gehöft gleicht einer Robinsoninsel. Vielleicht sind es die vier Wände, die uns die Geborgenheit geben, obwohl von Zeit zu Zeit auch hier die Winde durch das Fenster einfallen und der Regen von der Decke tropft.

Der Dienst ist zu ertragen, nur ab und zu eine Störung, ein Kurzschluß in der Leitung, eine beschädigte Sprechmuschel, ein zerrissenes Kabel. Wir fallen nicht auf, es gibt keine Beschwerden, wir sind für den Stab, für die Batterien mehr oder weniger unsichtbar, und dennoch müssen wir Tag und Nacht ansprechbar sein.

Dieses Wegtauchen, nicht anwesend sein, man lernt auch das mit den Jahren.

Wie aus dem Boden gestampft steht Struzzi an der Gartenmauer. Ich steige durch das Fenster. Er begrüßt mich wie immer mit Handschlag.

So zeitig sind Sie ja noch nie zu Ihrem Onkel hinübergegangen ins Dorf.

Mein Kommen hat heute einen anderen Grund. Ich bringe Ihnen und Ihren Kameraden eine kleine Kostprobe aus meinem Weinberg. Er nimmt die Umhängetasche von der Schulter und setzt eine große bauchige Flasche mit Rotwein auf die Gartenmauer, dann greift er noch einmal in den Sack und legt ein großes Stück Käse und eine Tüte mit reifen Oliven auf die Steine.

Das ist ja ein richtiges sizilianisches Abendbrot, sage ich zu Struzzi, herzlichen Dank!

Gabriele sieht in meiner Knietasche das Buch.

Darf ich fragen, was Sie hier lesen?

Es sind die Fragmente des Empedokles. Ich habe mir das Buch vor ein paar Monaten in Neapel gekauft. Ich reiche ihm das Bändchen über die Gartenmauer.

Empedokles? Er sieht mich an, schlägt das Bändchen auf. Wissen Sie, daß Empedokles zu meinen Lieblingsdichtern zählt? Und dann beginnt er zu lesen, zum erstenmal in meinen Leben höre ich in griechischer Sprache die Verse:

... So spielt ein Mädchen
mit einer Wasseruhr aus blankem Erz:
schließt sie mit feiner Hand des Halses Enge
und taucht die Uhr in weiche Silberflut,
so dringt kein Naß herein, Luft drückt von innen
des Bodens Sieb mit Wucht und sperrt den Weg.
Deckt sie den dichten Luftquell auf, so strömt
Luft aus und Wasser ein in gleichem Maße.

Keine hundert Kilometer von hier entfernt wurde Empedokles geboren, im heutigen Agrigent. Er kam aus einer wohlhabenden Familie, er war der Sohn des reichen Meton. Vielleicht können wir uns einmal in Ruhe über seine Fragmente unterhalten.

Nach diesen Worten gibt er mir das Buch zurück. Ich muß mich beeilen, heute vormittag kommt der Arzt ins Dorf, ich brauche für meinen Kreislauf stärkere Medikamente, außerdem ist der Ätna mein Barometer, die Schichtwolken zwischen dem Gipfel und der Küste deuten auf Regen.

Am späten Nachmittag schalte ich mich in die Telefongespräche ein. Die deutschen Truppen auf Sizilien müssen durch Kleinschiffahrt vom italienischen Festland her versorgt werden, größere Transporter können nicht mehr eingesetzt werden, die Luftüberlegenheit der Alliierten ist zu groß.

Oberbefehlshaber Süd:

Die Überführung der Pz.-Div. »Hermann Göring« nach Sizilien ist bis auf Restteile I. Pz.-Gren.-Rgt. 2 und III. Pz.-Rgt. »H. G.« abgeschlossen.

Von 3. Pz.-Gren.-Div. sind die ersten 5 Züge im Unterbringungsraum (wird nachgemeldet) eingetroffen.

Die Überführung von 4 Fest.-Btl.en von Südfrankreich nach Sardinien wurde im beabsichtigten Umfang durchgeführt.

Feindliche Luftangriffe auf:

Bauladu und Tramatza (Mittelsardinien, am 28. 6.). Leichte Schäden; 3 Tote.

Gebiet Reggio di Calabria (Nacht zum 29. 6.). Schäden in Hafen und am Bahnhof Villa S. Giovanni. 14 Tote und 52 Verwundete.

Messina und Gebiet R. di Calabria (Nacht zum 30. 6., rund 31 Feindflugzeuge). Wohnviertel und Hafen in Messina getroffen. Einzelheiten fehlen.

2. Juli

Heute vormittag meldeten sich zwei Unteroffiziere von der Propagandakompanie beim Kommandeur.

Tag für Tag werden Kriegsberichterstatter an die Front geschickt. Man sieht, wie unsere Soldaten mit Flammenwerfern vorgehen, wie der Feind im Feuer verbrennt, man nimmt teil an den Kesselschlachten im Osten, an dem Absprung eines deutschen Spions über dem brennenden London.

Die beiden Frontreporter werden mit ihrer Filmkamera vielleicht schon morgen unsere Batterien aufsuchen, eine Totalaufnahme machen, sie werden dem Kinobesucher in Deutschland ein paar lachende Soldaten zeigen, ein paar Panzergrenadiere der »Hermann-Göring-Division«, die von den Rebstöcken dunkelblaue Trauben brechen, eine Melone aufschneiden, sie werden durch die Dörfer gehen, hinaus auf die Felder, den sizilianischen Bauern bei der Arbeit filmen. Sie werden nicht die Luftüberlegenheit der Alliierten ins Bild holen, das wahre Bild des Krieges wird außerhalb ihrer Dokumentation bleiben. Vielleicht werden sie den Dorfplatz filmen, den plätschernden Brunnen, Dorfkinder, die sich gegenseitig eine Handvoll Wasser ins Gesicht werfen, auch solche Bilder verkaufen sich gut, nur keine Aufnahmen, die durch die Oberfläche des Lebens hindurchstoßen. Und die Zensur wird selbst noch aus solchen Bildstreifen alles das herausschneiden, was bei den Kinobesuchern einen negativen Eindruck hinterlassen könnte.

Wir leben auf einer Insel, doch das Meer ist fern, keine mannshohen Wogen, auch die Geräusche der Brandung schlagen nicht zu uns herein.

Irgendwo in dieser unüberschaubaren Wasserwüste, weit entfernt von Catania, Syrakus und Gela, dort, wo das Wasser lichtlos ist, randlos, wo es immer nur die Wellenberge gibt, sammelt sich der Gegner. Eines Tages wird er auf die Insel vorrücken, genauso wie vor zweitausendfünfhundert Jahren die Karthager. Keiner weiß, auch nicht der Oberbefehlshaber Süd in Frascati, mit wieviel Truppentransportern er die Landung vorbereitet, ob seine Landungsboote morgen oder erst nach drei Wochen auf den Strand auflaufen werden. Er hat Zeit, viel Zeit, er kann alles bis ins letzte vorbereiten, er weiß so gut wie wir, daß es zwischen seinen Landungsbooten und unseren Stellungen keine Küstenbefestigungen gibt.

Vielleicht haben wir Glück, und sie landen auf Sardinien, auf Korsika, um Italien von der Flanke her anzugreifen, vielleicht landen sie auf dem italienischen Festland, den griechischen Inseln, dem Balkan. Nein, sie werden auf Sizilien landen, hat mir Vater bei meinem letzten Heimaturlaub gesagt, es gibt keine bessere Operationsbasis für die Luft-, See- und Landstreitkräfte als diese Insel.

Sizilien, das Sprungbrett zwischen zwei Kontinenten: für die deutsche Armee das Sprungbrett nach Afrika, für die Alliierten das nach Europa.

Es ist weit nach Mitternacht, ich kann nicht schlafen, die Moskitos haben mich zerstochen, ich stehe auf und gehe vor das Haus. Der Himmel ist bezogen, keine Sternbilder, kein Mondlicht, ich sehe die beiden Fenster, schwarz, an der Gartenmauer bleibe ich stehen. Drüben, auf der anderen Seite des Tales, steigt eine Leuchtpatrone hoch.

Es gibt Nächte, da muß ich alles wieder heraufholen, was monatelang zurückliegt. Ich bin noch immer nicht zur Ruhe gekommen mit der Vergangenheit, mit den Kesselschlachten in der Ukraine, dem gefangenen General, den Toten, die Tag und Nacht den Dnjepr hinabtrieben, mit meiner Liebe zu Halina, dem Fliegerhorst in Polen, den Stukaverbänden, den Jagdfliegern, den zweimotorigen Bombern.

Ja, damals in Krosno, da habe ich noch im Musikkorps die Flöte geblasen, bei der Marschmusik das Pikkolo, im Offizierskasino das Tenorsaxophon, und plötzlich ist auch der Oberst wieder da, die Tür zu unserer Stube wird aufgerissen, eine Männerstimme brüllt »Achtung«, im Türrahmen steht der Kommandeur des Fliegerhorstes.

Oberst Dembrowski war ein großer hagerer Mann um die Fünfzig. Ich war Stubenältester, wollte Meldung machen, der Kommandeur winkte ab. Guten Abend, sagte er zu uns, ging an den Tisch, setzte sich auf einen Stuhl, drehte die Offiziersmütze mit dem Hoheitszeichen nach hinten, dann sagte er mit seiner rauhen Stimme, die wir vom Offizierskasino her kannten: Soldaten, euer Oberst hat mit euch zu reden. Wir sahen, daß er angetrunken war.

Ihr seid doch meine Musiker?

Jawohl, Herr Oberst.

Wenn ihr mich nicht hättet, gäbe es auf dem Fliegerhorst überhaupt kein Musikkorps, dann würden euch die Unteroffiziere auf dem Flugfeld das Laufen beibringen.

Jawohl, Herr Oberst.

Zur Sache. Wir werden noch in diesem Monat, in einer Villa am Stadtrand, ein Wehrmachtsbordell einrichten mit zwanzig polnischen Mädchen. Ich brauche Tanzmusik für meine Soldaten, kleine Besetzung, wie im Kasino, fünf bis sechs Mann, nicht mehr. Die Soldaten sollen tanzen, ehe sie mit den Mädchen aufs Zimmer gehen. Dreimal in der Woche Musik, Mittwoch, Sonnabend und Sonntag, am Nachmittag für die Soldaten, am Abend für die Dienstgrade, das fliegende Personal, die Piloten, die Bordschützen. Dann schlug er mit der flachen Hand hart auf den Tisch. Jede Woche ein paar hundert Złoty bar auf die Hand, Trinken und Abendbrot frei, na, meine Jungens, ist das ein Angebot? Wenn ihr euch anständig führt, schicke ich euch nach einem halben Jahr zur Erholung nach Zakopane, sechs Tage. Übrigens hat mir der General gesagt, ich kann euch den Dienst im Bordell nicht befehlen.

Wir melden uns freiwillig, sagte der erste Geiger, der mit mir auf der Stube lag.

Der Oberst stand auf, schlug uns mit der Hand auf die Schulter, sein Kraftfahrer riß die Stubentür auf und brüllte »Achtung«, der Kommandeur winkte ab. Eine Minute später sahen wir ihn mit seinem Kübelwagen in Richtung Offizierskasino davonfahren …

Es gibt Erinnerungen, die liegen dreißig, vierzig Jahre lang verstaubt in einer Ecke und warten, daß man sie ans Tageslicht holt.

Es war ein großes herrschaftliches Haus, diese Villa am Rande von Krosno. Eine breite Treppe im Jugendstil führte in die erste Etage. Die oberen Räume hatte man umgebaut, ein Zimmer neben dem anderen.

Die Kleider der Mädchen waren aus changierendem Taft, aus Crêpe Georgette. Man sah durch die dünne Seide hindurch, sah die Brüste, die Brustwarzen, die Schamhaare. Es gab aber auch Mädchen, die waren ganz bescheiden angezogen, trugen einen Leinenrock, eine weiße Bluse aus Batist. Doch fast alle hatten um ihren Hals ein kleines silbernes Kreuz.

Am Nachmittag, wenn das Bordell geöffnet wurde, platzte das Jungvolk herein, da strebte man zu den Tischen, suchte sich einen Stuhl. Der Unteroffizier an der Theke füllte die Gläser mit Bier. Er war ein Barmann, wie er im Buche steht, ich erinnere mich noch heute an sein Gesicht, es war derb, vordergründig. Die Rekruten rutschten auf ihren Stühlen hin und her, man konnte es ihnen ansehen, daß sie zum erstenmal in ihrem Leben in einem Bordell waren. Die Mädchen saßen an der Theke, hatten sich eine Zigarette angezündet und warteten bei einem Glas Likör auf einen Tänzer.

Ich sehe mich auch heute noch mit dem Saxophon in der Hand. Gute Musik haben wir damals gemacht, Tanzmusik, doch keiner der Soldaten konnte mit unseren Schlagern etwas anfangen, die Stiefel an ihren Füßen waren viel zu schwer, ihr Tanz glich eher einem stehenden gleichmäßigen Wiegen im Takt.

Gegen neunzehn Uhr brachte die Kaltmamsell das Abendbrot. Wie oft haben wir mit den Mädchen zusammen gegessen, getrunken, erzählt und gelacht: Sie legten uns die Wurst auf das Brot, holten uns von der Theke das Bier, in ihren Augen waren wir die Musiker, keine Soldaten, es war schon ein seltsames Nebeneinander. Wir wußten längst, daß einige von ihnen nicht das waren, wofür sie sich ausgaben, die Not hatte sie nach Krosno getrieben. Den Kopf hochhalten, auch wenn er dir abgeschlagen wird, hat Janka eines Tages zu mir gesagt. Gewiß, an manchen Tagen gingen auch wir, der Stehgeiger, der Trompeter oder der Schlagzeuger, mit einem der

Mädchen hinauf aufs Zimmer. Sie taten es aus Freundschaft, ohne Geld, niemand interessierte sich dafür, auch nicht der Inspektor, der das Haus verwaltete.

Am Abend, wenn das fliegende Personal das Bordell betrat, die Dienstgrade, die Unteroffiziere, die Portepeeträger, die Jagdflieger mit dem Deutschen Kreuz in Gold, die Bordfunker und MG-Schützen mit dem EK I, da kam man in Halbschuhen, in einem frisch gebügelten Hemd mit schwarzem Schlips, einer Bügelfalte in der Hose, man hatte ja in seiner Maschine genügend Raum für die Ausgehuniform.

Was haben wir an diesen Abenden nicht alles gespielt, vom Tango bis zum Wiener Walzer, von der Operette bis zum preußischen Präsentiermarsch, manchmal haben wir zu später Stunde sogar den Krakowiak verjazzt.

Wie oft haben wir damals die Melodien aus der »Maske in Blau« gespielt, fünfzigmal, hundertmal. Wir dachten über die einzelnen Noten überhaupt nicht mehr nach, wir produzierten Töne, einen Ton nach dem anderen, wir spielten und sahen dabei den Mädchen beim Tanzen zu. Manchmal kam es wie eine Verlockung über uns, dann strichen wir mit dem Geigenbogen oder mit einem Notenblatt ganz zart über ihren nackten Rücken. Wenn sie betrunken waren, kamen sie zu uns, beugten sich über die Notenständer und brannten mit ihren Zigaretten Löcher in das Notenpapier.

Es gab aber auch Dienstgrade, die waren wie von Sinnen, wenn sie eine halbe Flasche Wodka getrunken hatten. Sie packten die Mädchen an den Gelenken, zwangen sie ins Knie, andere wieder hoben ihnen beim Tanz die Röcke hoch, zogen ihnen die Schlüpfer aus, setzten sie mit ihrem nackten Gesäß ins Spülbecken der Theke, sie wollten es den Mädchen einmal zeigen, wer in diesem Land etwas zu sagen hatte. Trieben es die Herren gar zu toll, hörten wir schlagartig mit der Tanzmusik auf, und plötzlich wurden sie wieder nüchtern, die Herren Portepeeträger. Das Saufen, die Erotik, der Sex, alles, was uns in den ersten Wochen amüsierte, widerte uns allmählich an. Nun wußten wir, warum der General dem Oberst gesagt hat, er könne uns den Dienst im Bordell nicht befehlen, wir müßten ihn freiwillig tun.

Um Mitternacht, wenn wir unsere Instrumente einpackten, waren die Blumen, die sich die Mädchen ins Haar gesteckt hatten, lange schon welk, dann war auf den Tischen und auf der Theke ein Gewirr von Gläsern und Flaschen. Wir sahen, wie die Fliegen taumelig über die leeren Likörgläser herfielen. Die ganze Diele roch nach Schweiß, Schnaps, nach schalem Bier und kaltem Rauch. Wenn wir in diesen Stunden den Mädchen in die Augen sahen, hatten sie fast alle diesen merkwürdig harten und leeren Blick.

Lagebericht Wehrmachtführungsstab:
Mittelmeerraum:

Lage: Die feindliche Luftwaffe griff wiederum Ziele beiderseits der Straße von Messina und Flugplätze auf Sizilien an. Eigene Kampfflugzeuge führten in der Nacht zum 30. 6. einen Angriff gegen den Hafen Bône durch. Der feindliche Geleitverkehr durch die Straße von Gibraltar hält an.

Der OB Süd teilt die Weisung für die Kampfführung in seinem Bereich mit, die er am 30. 6. in Zusammenfassung bisheriger Einzelanordnungen erlassen hat. Darin heißt es, daß als erstes Angriffsziel des Feindes die italienischen Inseln sowie möglicherweise Kalabrien und Apulien in Frage kommen. Die Verteidigung der ital. Inseln und des Festlandes obliegt der italienischen Wehrmacht. Die deutschen Verbände sind das Rückgrat dieser Verteidigung. Sie sind auf den Inseln und dem Festland als Eingreifreserven so bereitzuhalten, daß sie jeden in die Verteidigung eingebrochenen Feind sofort vernichten können. Ihr Kampf muß unbeschadet der taktischen Unterstellung unter italienische Kommandobehörden unter voller Verantwortung ihrer Truppenführer nur nach deutschen Grundsätzen geführt werden.

5. Juli

Der Garten vor unserem Gehöft gleicht einer Blütenwildnis. Wo soll ich beginnen, bei der Madonnenlilie, dem Türkenbund, der Fuchsie, dem Aronstab? Was wächst da nicht alles an der Hauswand hoch, hängt über das Mauerwerk herab. So manche Pflanze, die in meiner Heimat dem Kraut näher steht als der Blume, findet in diesem Klima zu sich selbst. Ich denke an den Natterkopf, die Erika, die Winde, an die blühenden Disteln in Rot und Violett, hier sind die Blumen meiner Kindheit über sich hinausgewachsen, und die Malve gleicht einem Strauch. Das kleinste Blatt, das man zwischen den Fingern zerreibt, hinterläßt einen würzigen Duft.

Was gibt es Schöneres, als Nachtwache zu halten bei den blühenden Pflanzen, den Amaryllen, den Geranien.

Es ist früher Nachmittag, ich bin allein im Gehöft. Plötzlich höre ich durch das geöffnete Fenster ein dumpfes Grollen, der Boden unter den Füßen beginnt zu vibrieren, es ist, als würde draußen vor dem Haus ein schwerer Panzer vorbeifahren. Ich stehe auf und sehe hinaus, der Feldweg ist leer. Und wieder beginnt der Boden unter den Füßen zu zittern. Nein, das sind keine Erschütterungen, die durch ein schweres Fahrzeug hervorgerufen werden, das sind Wellen, die durch den Erdboden laufen. Ich höre, wie das Gehöft sich knisternd bewegt, spüre das unsichtbare Schwanken der Mauern, das Vibrieren der Klappenschränke auf dem Tisch, und dann ist alles vorbei, ich sehe nur noch, wie sich die beiden Fensterflügel lautlos hin und her bewegen, obwohl es draußen windstill ist.

Am späten Abend, wenn die Sonne untergeht, beginnen die Farben am Gipfel des Ätna lebendig zu werden. Es sind kraftvolle Farben, die man meilenweit sehen kann, von einer Leuchtkraft, die fast schon etwas Theaterhaftes hat, keine Aquarellfarben, zart, durchsichtig. Der Berggipfel erinnert mich an Kupferkies, es ist ein harter gelber Glanz, die von der Sonne beschienene Flanke liegt in einem satten Ocker, Roteisenerz, die Schattenseite des Berges: schwedisches Eisenerz, violett, kobalt, schwarz.

Lagebericht Wehrmachtführungsstab:
Mittelmeerraum:

Luftlage: Starke feindliche Luftangriffe richteten sich gegen Flugplatzanlagen in Apulien und Luftstützpunkte auf Sizilien.

Vom OB Süd trifft eine Beurteilung der Lage auf den Inseln Sizilien, Sardinien und Korsika vom 30.6. ein. Darin wird ausgeführt, daß die feindlichen Kräfte im westlichen Mittelmeerraum aus mindestens 18 bis 20 Inf.-Div.en und 2 Luftlande-Div.en, 18 bis 20 Fsch.-Jg.-Btl.en und einer Anzahl Kommandos bestehen. Hiervon können 10 amerikanische oder 8 britische Divisionen in erster Welle eingesetzt werden. Der hohe Schiffsraumbestand von 2 Mill. BRT reicht dazu und auch noch zum Nähren des Angriffs aus.

7. Juli

Die Wachposten können nicht mehr gehalten werden, die Zellen in den Klöstern werden aufgebrochen, die Bilder geschändet, ein brutaler, allein auf die Macht hin ausgerichteter Fanatismus hat vom Land Besitz ergriffen. Die Diktatur des »Oberförsters« hat erschreckende Formen angenommen, sie kann nur noch von außen her zerschlagen werden.

In diesem Buch gibt es keine Rätselworte, die am Ohr vorbeigehen, wohl aber Schlüsselworte. Ich denke an »Köppelsbleck«, ein Ort, wo Menschenschädel bleichen, an »Fillerhorn«, Filler, ist das nicht ein altes verschollenes Wort für Schinder? Und was die Schinderhütte betrifft, so sind in dieser Hütte Menschen am Werk, die anderen Menschen die Haut vom Leibe abziehen und gerben. Man muß die einzelnen Worte nur richtig lesen. Immer wenn ich das Buch in die Hand nehme, bin ich dem Faschismus nahe, so nahe, wie ich ihm in meinem Leben noch nie gewesen bin:

»So lag auch in den Augen des Oberförsters, besonders wenn er lachte, der Schimmer einer fürchterlichen Jovialität.«

»Gerade hierin lag ein meisterhafter Zug des Oberförsters: Er gab die Furcht in kleinen Dosen ein, die er allmählich steigerte und deren Ziel die Lähmung des Widerstandes war.«

»Das Innere der Scheune lag fast im Dunkel, und wir erkannten nur dicht am Eingang eine Schinderbank mit aufgespannter Haut.«

»So sind die Keller, darauf die stolzen Schlösser der Tyrannis sich erheben, und über denen man die Wohlgerüche ihrer Feste sich kräuseln sieht –: Standhöhlen grauenhafter Sorte, darinnen auf alle Ewigkeit verworfenes Gelichter sich an der Schändung der Menschenwürde und Menschenfreiheit schauerlich ergötzt.«

»Und ich empfand die Nichtigkeit von Glanz und Ehre, und große Bitterkeit.«

Man liest und liest und bleibt dennoch auf beschämende Weise am Klappenschrank sitzen …

Wenn ich die »Marmorklippen« heute aufschlage, sehe ich, was diesem Buch fehlt, es ist das Weiterführende, Weiterdenkende. Wo werden die neuen, künftigen Ufer liegen, zu denen wir aufbrechen müssen? Pfähle einrammen, Bojen setzen reicht für die Zukunft allein nicht mehr aus. Literatur muß die Gitterstäbe auseinanderbiegen, damit sich der Mensch aus dem Gefängnis befreien kann.

Deutsche Münzen

In einem Land, wo Politik zur Religion wird, trägt der Staat den Purpurmantel der Inquisition.

Der Kampf gegen die Diktatur spielt sich vorwiegend unter Wasser ab, im verborgenen, der äußere Druck ist viel zu stark, man sucht ein anderes Element auf, um zu überleben.

Die Sprache dient zur Tarnung, zur Verkleidung. Die Lüge als Prinzip des Staates wird zu einer neuen Wirklichkeit.

Die Menschen haben den metaphysischen Begriff der Schuld aus ihrem Gedächtnis gestrichen. Die Wahrheit wird nur noch als kleines zerriebenes Korn im täglichen Brot verbacken.

Was tun, wenn man der eigenen Verantwortung nicht mehr gewachsen ist, dem eigenen Gewissen? Man reduziert die

Wirklichkeit, sucht Nebenwege auf, um den Stand der Dinge zu umgehen.

Die Wahrheit als Wasserzeichen im Papier.

Lagebericht Wehrmachtführungsstab:
Süden:

Lage Mittelmeerraum: Die starken feindlichen Luftangriffe gegen Flugplätze auf Sizilien wurden auch am 6. 7. fortgesetzt. 93 eigene Kampfflugzeuge griffen in der Nacht zum 6. 7. Bizerta mit guter Wirkung an. Der OB Süd hat in seiner Lagebeurteilung vom selben Tag festgestellt, daß sich die Anzeichen für eine nahe bevorstehende feindliche Operation im westlichen Mittelmeer zwar verstärkt haben, jedoch gegen eine unmittelbar zu erwartende feindliche Offensive die Verstärkung der deutschen Kräfte auf den Inseln spricht, die dem Gegner sicherlich nicht verborgen geblieben ist; auch die erheblichen Verluste, die die feindlichen Luftstreitkräfte bei ihren Angriffen auf Italien erlitten, fallen ins Gewicht.

9. Juli

Frühstück unter der Kastanie. Plötzlich sehe ich auf der Gartenmauer ein golden schimmerndes Grün. Ich stehe auf, eine Smaragdeidechse. Ich gehe näher heran, sie läßt sich betrachten, duldet meine Gegenwart. Diese uralte Drachengestalt, ein Gefunkel, ein Feuerberg, als wäre der ganze Leib mit Juwelen besetzt.

So tief wie heute sind die Spitfire schon lange nicht mehr geflogen, es sieht aus, als wollten sie unter den Baumkronen hindurchfliegen, doch die Maschinengewehre in den Bordkanzeln bleiben stumm, anscheinend haben sie noch immer nicht den Regimentsstab entdeckt, und dennoch dieses Ducken, Sichkleinmachen, In-Deckung-Gehen.

Die Luftüberlegenheit des Gegners nimmt von Tag zu Tag zu. Unweit des Stabes werden zwei Vierlingsgeschütze als Flakschutz in Stellung gebracht.

Eine Stunde später Meldung der 3. Batterie: schwerer Flugzeugangriff auf die Stellungen. Zwei Jagdbomber abgeschossen, zwei Geschütze ausgefallen, drei Tote, vier Verwundete. Benötigen Munition.

Am späten Abend Anruf der Division, der I A verlangt den Kommandeur. Ich schalte mich ein. Ein deutsches Aufklärungsflugzeug hat gegen 16.00 Uhr im Seeraum von Malta eine gewaltige Landungsflotte mit fünf Geleitzügen gesichtet.

Eine halbe Stunde später höchste Alarmstufe für das gesamte Regiment. Die Nachtwachen werden verdoppelt …

Ich frage mich: Wo habe ich in meinem Leben schon Nachtwache gehalten? In einem Schützenloch am Don, in einer Lehmhütte in Wolhynien, am Sterbebett meiner Mutter. Das Beste, was man einem Menschen heute mitgeben kann, wenn er auf Nachtwache geht, ist nicht das Gewehr, es ist der Schlüssel, der ihm die Tür zu anderen Menschen öffnet. Überall dort sollten wir Nachtwache stehn, wo der Mensch in Gefahr ist, wo man ihn ausweist, unterdrückt, im eigenen Land heimatlos macht. Am Totenbett der Diktatoren sollten wir Nachtwache halten, damit sie nie wieder auferstehen, in den Arbeitslagern, den Dunkelzellen, vor dem eigenen Herd, damit das Feuer nicht ausgeht, aber auch dort, wo ein Mensch den Bleistift in die Hand nimmt und schreibt: Nachtwache halten vor einem leeren Blatt Papier.

Wenn unsere Söhne und Töchter das Jahr zweitausend erleben wollen, müssen wir die Nachtwachen in der Welt verdoppeln.

10. Juli

Es ist 9.00 Uhr. Gabriele steht an der Gartenmauer und winkt, er ist ganz aufgeregt, hätte die englischen Nachrichten gehört: In den frühen Morgenstunden seien die ersten Angriffswellen der 7. US-Armee auf einem hundertfünfzig Kilometer langen Küstenstreifen an Land gegangen, man nennt die Orte Gela, Licata und Scoglitti. Südlich von Syrakus soll die 8. englische Armee unter General Montgomery gelandet sein. Man spricht von dreitausend Truppentransportern und siebenhundert Kriegsschiffen, die durch ihr massives Artilleriefeuer die deutschen und italienischen Einheiten an den Küstenstrichen niederhalten.

Struzzi drückt mir die Hand, wünscht uns alles Gute und stürzt in Richtung Dorf davon.

Ich sitze am Klappenschrank und sehe hinaus in den Garten, in dieses gelbe flimmernde Licht. Wie die Klinge eines Messers trennt mich die Landung der Alliierten von den Gedanken und Kontemplationen der letzten Tage und Wochen.

In diesen Stunden vollzieht sich auf der Insel, was sich in den letzten dreitausend Jahren wiederholt schon vollzogen hat, die Landung fremder Heere. Aber diesmal ganze Schiffsverbände, Schlachtschiffe, Kreuzer, Zerstörer, Kampfwagenlandungsboote. Was der einzelne Soldat von einer solchen Landung mitbekommt, zählt nicht, es ist in der Regel ein Küstenstreifen von einem Kilometer Länge, die wirkliche Landungsmasse ist viel zu groß, viel zu gewaltig, um sie ganz überblicken zu können.

An einem solchen Tag kann man der Geschichte unmittelbar in den Rachen sehen.

Keine Gespräche, das Schweigen in den Leitungen nimmt zu. Am späten Nachmittag schlage ich aus lauter Langeweile noch einmal die Fragmente des Empedokles auf, und plötzlich stoße ich auf Verse, die mich erschrecken:

> Wollt ihr dem Mordgeschrei kein Ende machen?
> Nicht sehn, wie ihr euch freßt in blindem Wahn?
>
> Die Opfer drängen sich zum Mörder flehend;
> er hört ihr Winseln nicht, er schlägt sie tot,
> dann rüstet er im Haus ein übles Mahl …

Seit Jahren sehe ich, wie Europa in eine Trümmerlandschaft verwandelt wird, wie eine Stadt nach der anderen brennend in sich zusammenstürzt. Wie will der Mensch in Zukunft leben, wenn er immer nur das Leichentuch des Krieges über die Völker ausbreitet? Die Menschen errichten sich ein Feindbild, damit sie mit gutem Gewissen den Andersdenkenden an die Wand stellen können.

Es ist ein Schicksalswort, ein Spruch der Götter,
alt, ewig und mit Eiden breit versiegelt:
Wer frevelnd seine Hand mit Mord befleckt,
wer sich im Streit verging und Meineid schwört
unter den Seelen, die Äonen leben,
dreimal zehntausend Horen treibt er um,
weit von den Seligen, von Bahn zu Bahn,
in mancherlei Gestalt in Leiden wandelnd.
Die Macht des Äthers jagt ihn in das Meer,
das Meer speit ihn ans Land, das Land zur Sonne,
die Sonne wirft ihn in des Äthers Wirbel …

Für Empedokles war das Leben unantastbar. Die Erde für den Menschen retten, sie neu bewohnbar machen, darauf kam es ihm an. Es ist der Friede, der Erde und Himmel zusammenhält, nicht der Haß.

Der Haß hat uns getötet, hat Tote aus uns gemacht.

Aber das Meer, es schmeckt immer noch nach Tränen. Wie haben die Pythagoreer gesagt: »Das menschliche Leben wurde mit den Tränen des Prometheus getränkt …«

Lagebericht Wehrmachtführungsstab:
Mittelmeerraum:

Lage: Am 8. 7., 13.30 Uhr, wurden 5 Geleitzüge mit insgesamt 150–180 Einheiten, darunter Landungsfahrzeuge und Kriegsschiffe, im Seegebiet nördlich Malta Kurs Nord festgestellt. Meldungen über weitere Geleite mit gleichen Kursen folgten. Um 23.30 Uhr näherten sich mehrere feindliche Schiffsverbände, darunter schwere Seestreitkräfte, in breiter Front der Südküste Siziliens zwischen Licata und

Marsala. In der Nacht zum 10. 7. wurden Syrakus, Catania und Augusta durch Schiffsartillerie beschossen. Im Raum Ragusa erfolgten Fallschirmabsprünge, bei Syrakus eine Luftlandung.

Der Gegner landete am 10. 7. gegen 8.30 Uhr gleichzeitig bei Licata, Gela, Kap Passero, Augusta und Syrakus.

Die Besatzung von Sizilien befindet sich nach Meldung des OB Süd seit dem 9. 7., 18.40 Uhr, in Alarmbereitschaft. Am 10. 7. wird die Masse der Div. »Hermann Göring« mit der italienischen Div. »Napoli« gegen den bei Gela gelandeten Feind angesetzt.

11. Juli

Die Kampfhandlungen um den Landekopf im Raum von Gela haben in den letzten vierundzwanzig Stunden an Stärke zugenommen.

Über dem Mittelmeer liegt ein kräftiges Hoch. Der Oberbefehlshaber Süd kann nicht damit rechnen, daß durch das Wetter die gegnerische Luftwaffe ausgeschaltet wird.

Deutschland ist zu einem Kessel geworden, von allen Seiten werden die Angriffe vorgetragen: im Osten, im Süden, aber auch im Westen, aus der Luft.

Störungssuche in der Mittagsglut, die Telefonverbindung zur 1. Batterie ist unterbrochen.

Die ganze Gegend ist wie ausgestorben, selbst die Vögel scheinen den kahlen Berghang verlassen zu haben. Die Hitze knistert im Gras, kein Windhauch, und doch bewegt sich da und dort, wie von Geisterhand angerührt, eine Staude. Einen Steinwurf weit sehe ich eine gewaltige Eiche, die in sich zusammengebrochen ist. Der Stamm war morsch, die Krone hat das Kabel zu Boden gerissen.

Die Jagdbomber mit ihren schweren Maschinengewehren in den Bordkanzeln kommen auch heute wieder angeflogen, jagen links und rechts der Straße ihre Geschosse in den Sand, ganz gleich, ob sie einen Soldaten sehen oder nicht.

Der Abend ist kühl, ich gehe den Feldweg auf und ab, eine ziellose Unruhe ist in mir.

Wer weiß, aus welchen Häfen ihre Schiffe ausgelaufen sind, aus Bizerta, Oran, Algier oder Tunis, aus den Häfen in Haifa und Alexandria? Diesmal kein großspuriger Feldzug wie einst bei der Landung der Athener vor Syrakus, keine Spendenopfer für die Götter, keine Kriegsgesänge, es ist Sommer, und wir schreiben das Jahr 1943 nach Christus. Diese Landungsflotte scheint nicht ins Verderben zu fahren.

Lagebericht Wehrmachtführungsstab:
Mittelmeerraum:

Lage: Bei den auf Sizilien gelandeten Teilen von 6–7 feindl. Divisionen zeichnen sich eine amerikanische Kräftegruppe im Raum von Licata–Gela (II. amerik. AK) und eine englische Landegruppe im Raum Kap Passero–Augusta unter dem XIII. engl. AK ab.

Gegen den bei Gela gelandeten Feind trat die Masse der Div. »Hermann Göring« zum Angriff an, dem sich die ital. Div. »Livorno« und »Napoli« anschließen sollten. Die Kampfgruppe Oberst Schmalz (Brig. Kdr. Div. »Hermann Göring« mit Rgt.-Gruppe der 15. Pz.-Div., verstärkt durch Teile Div. »H. G.«) hat Befehl, aus dem Raum südwestlich Catania anzutreten und sich in den Besitz des Hafens von Syrakus zu setzen. Die gelandeten feindlichen Fallschirmeinheiten sind zum größten Teil vernichtet. Die eigene Luftwaffe griff Schiffsziele und Landestellen auf Sizilien an.

12. Juli

Heute früh hat mir der Schirokko die beiden Fensterflügel aus der Hand gerissen. Nun jagt er die Sandkörner wie Schrotkugeln durch den Raum. Bei einem solchen Sturmangriff ist der Himmel blau und ohne Wolken.

Der Schirokko ist kein heimatlicher Wind, der von den Bergkuppen hinab in die Täler fällt, sich dreht, in sich zusammenbricht, aussetzt, es ist ein Glutwind, der aus der Sahara kommt. Er ist von einem betäubenden Gleichmaß, eine

Provokation für Seele und Leib. Ein solcher Wind kann den Menschen in den Wahnsinn treiben. Ständig trommelt er mit seinen Sandkörnern ans Fenster, auf das Dach, auf die Blätter der Kastanie; den ganzen Tag knirscht zwischen den Zähnen der Sand.

Die Telefongespräche zwischen der Division und dem Regiment sind in den letzten Tagen kurz und sachlich geworden. Man weiß, daß es der Panzerdivision »Hermann Göring« nicht gelungen ist, die Landung der Alliierten im Raum von Gela zurückzuschlagen, die Panzer sind im Feuer der Schiffsartillerie liegengeblieben. Achtzigtausend anglo-amerikanische Soldaten sollen in diesem Frontabschnitt an Land gegangen sein. Die Lage wird kaum noch analysiert, man nimmt sie zur Kenntnis. Die Schiffsartillerie muß die Küste zwischen Gela und Licata im wahrsten Sinne des Wortes umgepflügt haben.

Der Tod beginnt seine Maske auch bei uns abzulegen. In den Morgenstunden brach ein Kraftfahrer, er war fünfunddreißig Jahre alt, am Steuer seines Wagens zusammen. Vergebens hatte der Sanitäter nach einer Wunde gesucht, endlich hatte er im Nacken einen kleinen Eisensplitter entdeckt. Der Mann war ohne Stahlhelm gefahren.

Drei Stunden später fallen Sprengbomben ins Dorf, zwei spielende Kinder wurden getötet.

Die Toten nehmen zu.

Lagebericht Wehrmachtführungsstab:
Süden:

Lage Mittelmeerraum: Der Gegner, nunmehr mit Teilen von 9–10 Div.en festgestellt, konnte seinen Brückenkopf auf Sizilien überall erweitern, da die italienische Verteidigung in jeder Weise versagte. Bei Gela mußte er sich vor dem Druck der Div. »Hermann Göring« vorübergehend einschiffen, führte dann aber neue Kräfte heran. Als nächstes Ziel des Gegners ist die schnelle Sicherung aufnahmefähiger Häfen

(Licata, Syrakus) zu erkennen. Der Angriff der Kampfgruppe Oberst Schmalz auf Syrakus blieb 10 km vor der Stadt liegen. Die eigene Luftwaffe setzte die Bekämpfung von Schiffszielen vor Sizilien fort.

13. Juli

Arno hat am rechten Oberschenkel zwei Tropengeschwüre, er geht hinüber ins Sanitätszelt zum Verbinden. Als er zurückkommt, erzählt er von dem mißglückten Luftlandeunternehmen der Alliierten.

In den Abendstunden des 9. Juli landeten Vorausabteilungen der 82. amerikanischen Luftlandedivision auf Sizilien. Die Transportmaschinen gerieten in einen aufkommenden Sturm, in das Abwehrfeuer der deutschen Flakartillerie, von den hundertdreißig Gleitflugzeugen sollen nur zwölf in das vorgesehene Zielgebiet niedergegangen sein, sechzig Truppentransporter stürzten ins Meer, über tausend Fallschirmjäger fanden in den Wellen den Tod.

In der Mittagsstunde gehe ich hinüber ins Dorf. Auf den Feldern brütet die Hitze, in der Ferne Detonationssätze, vielleicht wurde ein Munitionslager getroffen.

Hinter dem Dorf, wo die Steinbrüche liegen, wird die Landschaft wild, unzugänglich: Brennesselwald, Opuntien, nur selten ein Ölbaum. Im Steinbruch wird gearbeitet. Ich sehe, wie die Männer mit schwerem Hammer auf die Steinbrocken einschlagen. Sie tragen alte Strohhüte und als Schutz gegen die Steinsplitter dunkle Brillen. Der Steinbruch ist schattenlos, man arbeitet in der prallen Sonne.

Langsam gehe ich weiter. Da höre ich aus dem geöffneten Fenster eines Hauses einen eigenartigen Gesang. Ein beängstigendes Lied, wie eine Totenklage, die Melodie wird immer wieder durch deklamatorische Texte unterbrochen. Nach einer Weile bricht es ab, die letzten Wortfetzen bleiben in den Mandelbäumen hängen, und aus dem Fenster kommt ein markerschütternder Schrei.

Was ist das nur für eine Frau, die ihren Schmerz wie ein

Tier hinausschreit in die Landschaft? Ich bleibe stehen. Die Tür des Hauses öffnet sich, ein weißer Kindersarg wird aus dem Haus getragen. Ich höre die Schreie der Mutter, das verhaltene Beten der Klagefrauen, im Dorf beginnen die Glocken zu läuten, ich sehe die Blumen auf dem Sarg, nehme den Tropenhelm ab und schlage ein Kreuz. Ein dürftiges Trauergeleit, der Priester, die Eltern, ein paar Verwandte.

So und nicht anders muß man schon vor zweitausend Jahren die Verstorbenen aus dem Haus getragen haben, nur kommt heute kein Jesus mehr zu dem toten Mädchen und sagt: Talitha kumi, ich sage dir, stehe auf.

Auf dem Rückweg gehe ich noch einmal durch das Dorf. Noch ist Friede, alles ist in sich geordnet, die Männer gehen in den Morgenstunden zur Arbeit hinunter ins Tal und kommen erst am späten Abend wieder zurück. Einmal in der Woche werden Hemd und Arbeitshose auf die Leine gehängt. Noch hat in den Stuben alles seinen Platz, man weiß, wo die Teller stehen, die Säcke für die Bohnen, jeder Gegenstand hat sein Zuhause, man hat immer noch sein Bett, seine Matratze, noch kann man den anderen ohne Angst in die Augen sehen, kann in Ruhe mit ihnen sprechen, auf ihre Worte hören, noch ist der Krieg hundert Kilometer und mehr vom Dorf entfernt.

Eines Tages aber werden auch diese Häuser unter Beschuß liegen, die Menschen werden sich verkriechen wie die Tiere, werden fliehen, ihre armselige Habe zurücklassen, sie werden die Rückzugsstraßen verstopfen, und wenn die Tiefflieger angreifen, werden auch sie unter Beschuß liegen.

Am späten Abend gehe ich noch einmal hinunter an den Fluß, vielleicht das letzte Mal. Das Sternenlicht hat einen silbernen Schleier über die Landschaft gelegt, im Wasser, wie gestochen, der Bambus. Ich beuge mich über das zitternde Bild, und wieder schießt aus dem Dickicht eine Schlange hervor, schwimmt mit erhobenem Kopf durch den Fluß. Der Wasserspiegel gerät in Bewegung, der Bambus verschwimmt, ich sehe nur noch das Reptil, wie es lautlos durch die Fluten gleitet. Nein, das ist keine Sandviper, ich sehe auf ihrem Dreieckschädel ein kleines Diadem aus blitzenden Wassertropfen, es muß eine Schlangenprinzessin sein.

Lagebericht Wehrmachtführungsstab:
Mittelmeerraum:

Lage: Die Kampfkraft der feindl. Landungsgruppe hat sich erheblich verstärkt. Neue Landungen erfolgten zwischen Agrigent und Licata. Augusta wurde von feindl. schweren Seestreitkräften beschossen.

In seiner am Morgen eingehenden Beurteilung des Kampfes auf Sizilien meldet der OB Süd, daß sich die Lage infolge Ausfalls der Masse der italienischen Kräfte im Angriffsraum verschärft habe. Die Last des Kampfes ruht fast ausschließlich auf den deutschen Kräften. Die Kampfkraft der Nahkampfverbände der Luftwaffe ist so bedenklich gesunken, daß die für das Heer notwendige Unterstützung nicht mehr gegeben werden kann. Die italienische Kriegsmarine hat den Abwehrkampf bisher nicht unterstützt. Dagegen sind die Erfolge der schweren Luftstreitkräfte gegen die Transportflotte und Landungsmittel des Feindes beachtlich, daß davon mit Sicherheit eine stark verzögernde, vielleicht sogar entscheidende Wirkung zu erwarten ist. Seit der Nacht vom 9. zum 10. 7. hat der Gegner die Masse von 8 Divisionen in Sizilien gelandet. Die Pz.-Div. »Hermann Göring« hat empfindliche Verluste erlitten. Ihr werden neue Kräfte (Fsch.-Jg.-Rgt. 3, Fest.-Btl. Reggio) zugeführt. Eine Zusammenfassung der deutschen Kräfte zu einem Gegenangriff gegen jeweils eine feindliche Kräftegruppe ist angesichts der Stärke des Gegners sowie infolge Ausfalls der Italiener und der unzureichenden eigenen Beweglichkeit nicht möglich. Mit den jetzigen deutschen Kräften allein ist die Insel nicht zu halten. Eine Verstärkung der deutschen Truppen auf Sizilien würde wahrscheinlich nicht mit der des Feindes Schritt halten können, jedoch würde ein größerer Zeitgewinn sich günstig auswirken, da von einem raschen Verlust Siziliens schwere Rückwirkungen auf die Widerstandskraft der Italiener zu erwarten sind.

14. Juli

Eine lähmende Stille liegt in der Luft. Die Tage sind leer geworden, auf den Feldern hockt die Angst. Von Tag zu Tag rückt die Front ein paar Kilometer näher.

Lagebericht Wehrmachtführungsstab:
Mittelmeerraum:

Lage Sizilien: In Fortsetzung der feindlichen Angriffe bei Caltanissetta mußte die Gruppe Fullriede (15. Pz.-Gren.-Div.) zurückgenommen werden. Die Div. »Hermann Göring« und die Gruppe Oberst Schmalz hielten ihre Stellungen. 2 feindl. Fsch.-Jg.-Btl.e wurden hinter unseren Linien vernichtet.

15. Juli

Der Gefechtsstand der 4. Batterie wird um einen halben Kilometer zurückgenommen, Arno und ich verlegen das Kabel. Als wir mit unserer Arbeit fertig sind, begegnen wir dem Kommandeur, er hat die neue Stellung inspiziert. Ehe der Major in den Wagen steigt, hören wir zwischen ihm und dem Oberleutnant der Batterie folgenden Dialog:

Herr Major, darf man hoffen, daß wir bald ins Feuer kommen?

Sie dürfen, Oberleutnant, Sie dürfen.

Auf unserem Rückweg, unweit der Vierlingsgeschütze, die dem Stab als Flakschutz dienen, sehen wir am Horizont drei Jagdbomber heraufkommen.

Dieser Anflug gefällt mir gar nicht, sagt Arno, da ist alles vorgegeben. Volle Deckung!

Ich beobachte die Kanoniere. Sie tun alles mit nachtwandlerischer Sicherheit, füllen die Magazine, warten, bis das anfliegende Flugzeug im Fadenkreuz liegt, jeder einzelne Handgriff ist in Fleisch und Blut übergegangen. Ein gemeinsamer Vorrat an Erfahrungen muß dasein, wenn man nicht schon beim ersten Anflug mit durchschossener Brust zum letzten Appell antreten will.

Das Sperrfeuer der Vierlinge liegt gut, so gut, daß von den drei Maschinen bereits beim Anflug zwei abdrehen, die dritte zieht mit einer Rauchfahne nach oben, vielleicht will sich der Pilot mit dem Fallschirm retten, da bricht der rechte Flügel ab, das Flugzeug explodiert, ein Feuerball stürzt vom Himmel auf die Erde. Der Abschuß der Maschine muß den anderen beiden Piloten einen Schock versetzt haben, sie drehen ab.

In solchen Augenblicken wird im Menschen etwas wach: der Instinkt. Man wittert förmlich die Gefahr, weiß genau, wann und wo man der Deckung bedarf.

Herr Geheimrat, wir sind hundertfünfzig Jahre zu spät auf die Insel gekommen. Da ist keine verzauberte Stille mehr, keine dunstige Klarheit, die um die Küste schwebt, das ganze Licht ist in Aufruhr, die Konturen der Landschaft werden aufgerissen durch den Einschlag der Bomben und Granaten, und wenn wir die Bergrücken sehen, dann schweben die Vorgebirge nicht mehr in der Luft, dann überlegen wir uns, wo wir das nächste Deckungsloch graben, wir haben auch keinen Blick mehr für die silbernen Ränder des Meeres, diesen leuchtenden Metallspiegel, wir halten Ausschau nach dem weißen Aluminium der Lightning. Wenn diese blitzenden doppelrumpfigen Flugzeuge am Himmel heraufkommen, heißt es volle Deckung. Da sind uns die trostlosen Lavafelder des Ätna doch etwas lieber, vertrauter, unserem Leben gerechter. Und des Nachts, Herr Geheimrat, das sind keine Käfer, die ihre feurigen Punkte in die Landschaft setzen, es sind unsere Geschosse, Leuchtspurgeschosse, die eine feurige Kette quer über den Himmel legen.

Lagebericht Wehrmachtführungsstab:
Süden:

Lage Sizilien: Der Schwerpunkt des Gegners lag bei der brit. 8. Armee in Richtung Catania. Die feindl. Luftwaffe griff mit starken Kräften in den Erdkampf ein und führte mit stärksten Kräften Angriffe im Bereich der Straße von Messina durch. Während vor dem eigenen rechten Flügel nur geringe

Kampftätigkeit herrschte, mußte sich die Gruppe Oberst Schmalz vor überlegenem feindl. Druck absetzen und wehrte in der neuen Widerstandslinie alle feindl. Angriffe ab.

17. Juli

Das Gepäck, das wir seit Herbst 1939 mit uns herumschleppen, wird von Jahr zu Jahr kleiner, keine Ausgehuniform mehr, keine Halbschuhe, kein gebügeltes Fliegerhemd, aber dafür wird die Last, die ein jeder von uns mit sich herumträgt, von Jahr zu Jahr schwerer.

Nachtdienst. Unablässig dieses Horchen in die Nacht, nach Süden, nichts als dieser endlose Sternenhimmel, der Schrei einer Eule, das Rascheln des Windes im Kastanienbaum. Keine Leuchtpatronen steigen hoch, keine brennenden »Christbäume« werden von den Flugzeugen abgeworfen, auch keine Feuerstöße aus einem schweren Maschinengewehr, nur im Süden, dort, wo Caltanissetta liegt, wandern starke blaue Scheinwerferbündel den Horizont entlang, klappen auseinander, verlieren sich, tauchen wieder auf, geisterhafte Lichtfinger, die den Himmel abtasten.

Gegen Mitternacht fällt eine Klappe. Ich melde mich, keine Antwort. Ich blättere weiter in den Fragmenten des Empedokles, lese da und dort ein paar Zeilen, lege das Buch aus der Hand …

Heute, vierzig Jahre später, frage ich mich, woher hat Empedokles nur die Kraft genommen, fünftausend Verse zu schreiben, in seinem Werk den vier Elementen zu dienen, der Erde, dem Wasser, dem Feuer, der Luft?

Vertrau dem Blick nicht mehr als dem Gehör,
dem Schall nicht mehr als dem Geschmack der Zunge.
Schließ kein Organ, das zum Erkennen taugt,
aus deinem Glauben aus: nur suche Klarheit.

Breit ausgespannt ist das Gesetz des Alls
durchs weite Reich des Äthers und des Lichts ...

Jedes Wesen hat durch Schicksals Macht Bewußtsein ...

Pflanzen sind von Wünschen beseelt,
sie fühlen, freuen sich und leiden ...

Er muß von gewissen Dingen des Lebens mehr gewußt haben als wir, die alten Inspirationsbilder sind in seiner Dichtung noch lebendig. Alles, was dem Menschen begegnet, kann seine Seele wecken, es bedarf nicht immer der Götter, der Heroen.

Empedokles hat in den Versen nicht nur seine Erfahrungen gestaltet, sondern auch die Einsichten in das Wesen der Welt. Die Götter waren für ihn nichts anderes als der Ausdruck eines ursprünglich geistigen Seins. Er wußte um das geistige Band, das den Kosmos zusammenhält, hatte die Verbindung zu den Gestaltungskräften im All noch nicht verloren, andererseits war seine Persönlichkeit so stark entwickelt, daß er sich mit seinem Denken dem Objekt selbstbewußt gegenüberstellte. Der Leser kann in seinen Versen den entscheidenden Schritt vom bloßen Verstandesdenken zum alles umgreifenden Vernunftdenken mitvollziehen. Für Empedokles hatte der Kosmos – dieses von Ewigkeit zu Ewigkeit wirkende und schaffende Prinzip – nicht nur eine Seele, sondern auch ein Bewußtsein: die Welt als sichtbar gewordener Gedanke. Der Logos hatte die Lichtgestalt Apollons angenommen.

Doch nicht immer findet man Silberadern in den Fragmenten, da und dort stößt man auf Schlacken, auf ausgeglühtes Gestein, aber auch diese Bruchstücke muß man gelesen haben. Dichtung war für ihn nicht nur Erkenntnis, sie war immer auch ein Vorauswissen, ein inneres Gehorchen, ein Antwortgeben. »Es ist schön, die Zweige der Botschaft zu einer Krone ineinander zu schlingen und auf mehr als einem Pfad ans Ziel zu gelangen.« Empedokles hat aber auch versucht, den siebenfachen Schleier der Ananke durch die Kraft der Liebe durchsichtig zu machen:

Aus diesen Elementen fügte Liebe
die nimmermüden Augen ...

Mit Liebesnägeln einte Krypris sie ...

... beider Augen Blicke wird eins

Die alles ausgleichende Liebe ...

Geschichte war für ihn ein immer wirkender Kampf zwischen zwei unterschiedlichen Prinzipien: der Liebe und dem Haß. Das Leben war etwas Heiliges, wo immer es auch auftrat, selbst das Töten im Krieg – Mord.

Ich blättere weiter. Wie in einem Hohlspiegel sammeln sich die Gedanken, konzentrieren sich auf einen einzigen Strahl, brechen auseinander, und plötzlich dieses Bild:

Freunde, ich weiß: im Wort, das ich jetzt künde,
wohnt Wahrheit; doch sie ist zu steil den Menschen,
und Glaube läuft sich heiß um ihre Seele.

Ich war schon einmal Knabe und Mädchen,
Pflanze und Vogel und stummer Fisch des Meeres
...

Ich weinte und jammerte beim Anblick
des ungewohnten Raumes ...

In einer fast schon orakelhaften Einfachheit, formelhaften Strenge wird letztes Wissen ausgesprochen. Mit diesen Worten greift Empedokles tief hinab in das Gesetz der Evolution. Vielleicht ist auch unser Leben nicht mehr als ein Fragment, und erst die mehrfach gelebten Erdenleben bringen uns der Vollendung näher. Er konnte mit dem Orakel von Delphi sagen: »Ich verstehe die Stummen und höre die Sprachlosen.« Wer an solchen Worten vorbeiliest, ist blind. Es sind Gedanken, die wie ein Korn in den Menschenacker fallen und zu keimen anfangen. Wir aber haben Angst, mauern uns immer wieder ein. Wenn wir die Mauer in uns nicht einreißen, werden wir geistig und seelisch austrocknen; was zurückbleibt, wird eine Mumie sein.

Empedokles wußte, daß ohne das Wort, den Logos, nichts erkannt und begriffen werden kann. Wissenschaft und Kunst waren für ihn die beiden Flügel des Menschen, wer in seinem Leben nur mit einem Flügel fliegen will, stürzt früher oder später zu Boden.

In den letzten Jahren seines Lebens ist er heimatlos auf der Insel umhergeirrt. Seine Vaterstadt hat ihn verbannt, wir wissen nicht einmal, wo er gestorben ist. Seine letzte Zuflucht soll das Feuer gewesen sein. Ich glaube nicht, daß er sich in den Ätna gestürzt hat, warum auch, der flammende Abgrund, von dem die Biographen immer wieder berichten, war das Leben selbst.

Der Tod war für Empedokles nichts anderes als eine neue Bewußtseinsebene.

Wer das Geistige im Kosmos verneint, verneint sich selbst.

Lagebericht Wehrmachtführungsstab:
Süden:

Lage Sizilien: Vor Angriff starker feindlicher Panzerkräfte, die durch flankierendes Feuer schwerer Schiffsartillerie unterstützt wurden, mußte der linke Flügel der Div. »Hermann Göring« auf die Eisenbahnlinie Catenanuova–Catania zurückgenommen werden. Die Vorausabt. der 29. Pz.-Gren.-Div. wurde nach Sizilien überführt. 100 eigene Kampfflugzeuge erzielten in der Nacht zum 15. 7. Treffer auf 43 feindlichen Schiffen, darunter 2 Kreuzern und 2 Zerstörern, mit über 100 000 BRT.

18. Juli

Vergebens warte ich heute auf das Brüllen des Windes, auf den Schirokko. Kein Luftzug, die Blätter der Kastanie bleiben stumm.

Seit mehr als drei Wochen keine Post. Ich nehme den Tropenhelm und gehe hinüber in die Schreibstube. Die Fähre mit den Postsäcken sei getroffen worden und untergegangen, sagt mir der Schreiber vom Dienst.

Auf dem Rückweg sehe ich im Staub der Straße einen Pillendreher, den Scarabaeus sacer. Ich beobachte, wie der Käfer mit seinen breiten Grabbeinen aus dem Dung eines Esels eine Kugel dreht, die immer größer wird. Da höre ich hinter meinem Rücken ein Kettenfahrzeug den Feldweg heraufkommen. Ich bücke mich, setze den Pillendreher auf meinen Handteller und trage ihn hinüber in den Olivenhain. Er hält die Kugel wie eine kleine Erde hoch. Kaum, daß er festen Boden unter den Füßen hat, beginnt er von neuem mit der Arbeit.

Als ich zurückkomme, erzählte mir Arno von einem Gespräch, das der Kommandeur mit dem Oberarzt geführt hat: An der Ostfront hätte am 13. Juli eine russische Sommeroffensive begonnen. Die Amerikaner hätten einige Tausend Flugzeuge, Panzer und Geschütze an den Russen geliefert.

Erinnerst du dich noch, sage ich zu Arno, als die Sturmboote über den Dnjepr zogen und die Feuerstöße vom anderen Ufer die ersten Löcher in die Schlauchboote rissen, damals, als sie uns den gefangenen General mit einem Wachposten in die Vermittlung setzten …

Ich erinnere mich noch heute an den ukrainischen General. Eine halbe Stunde lang konnte ich ihn vom Klappenschrank aus beobachten. Sein Körper war wuchtig, das Gesicht breitflächig, die Backenknochen hoch angesetzt. Mein erster Gedanke: Hier kommt ein Stück wandelnder Erde auf dich zu. Das Gesicht und das weite ukrainische Land, irgendwie gehörten sie seit Generationen zusammen.

Dieses Offiziersgesicht hob sich noch nicht aus den Gesichtern der anderen russischen Soldaten heraus. Es war ein Gesicht, das nichts öffnete, nichts zurücknahm, das alles in sich verschloß, das auf der Lauer lag, ein verschlüsseltes Gesicht, das sich keine Blöße gab. Nicht nur das Schweigen um den Mund, alles war wie ein Siegel, das eine kommende Zeit erst aufbrechen muß.

Das Wesentliche an seinem Gesicht war das Frontale, nicht das Profil. Es hatte etwas Flächenhaftes, von der Stirnfläche hinab bis zu den Wangen. Ich stand auf, ging um den General herum. Von der Seite her gesehen, fing dieses Gesicht wirklich erst an, Profil zu werden, mir schien, als wartete es auf den inneren Befehl, auf das Signal, welche Form es endgültig annehmen sollte. Solche Gesichter werden nicht in einem einzigen Leben verbraucht, sie sind auf Jahrhunderte angelegt.

An diesem Gesicht gab es nichts zu deuteln, es war ganz einfach da. Europa würde mit ihm rechnen müssen. Und doch hat mich an diesem Gesicht etwas erschreckt: Vergebens suchte ich in ihm nach einem Stück Himmel.

Lagebericht Wehrmachtführungsstab:
Süden:

Lage Sizilien: Vor heftigen feindl. Angriffen mußte sich die 15. Pz.-Gren.-Div. nach Nordosten absetzen, um einen Durchbruch zu verhindern. Die Div. »Hermann Göring« und die Kampfgruppe Schmalz hielten unter teilweise erheblichen Verlusten ihre Stellungen. Die eigene Luftwaffe stützte die Erdkämpfe und griff Seeziele an. Im Gefecht mit überlegenen feindlichen S-Booten wurden 5 eigene S-Boote z. T. erheblich beschädigt.

Lage Mittelmeer: Aus dem ostw. Mittelmeer liegen keine neuen Hinweise für feindl. Angriffsabsichten vor. Auf Sizilien folgte der Gegner den Absetzbewegungen nur zögernd. Die Gruppe Schmalz mußte vor starkem feindl. Druck erneut zurückgehen.

20. Juli

Zehn Tage nach der Landung befindet sich der Südostteil der Insel in den Händen der 7. US-Armee unter General George Patton und der britischen 8. Armee unter General Montgomery.

Seit der Landung der Alliierten haben wir keinen einzigen deutschen Aufklärer mehr am Himmel gesehen.

Major von Treptow vor seinen Batteriechefs: Ein operatives Vorgehen ist nach Ausfall der italienischen Kräfte undenkbar, trotzdem müßte es möglich sein, die eigenen Kräfte an bestimmten Schwerpunkten so zu konzentrieren, daß sie den Angriff des Gegners zurückschlagen können. Da wir keine eigenen Panzer haben, müssen wir den Vorstoß der Amerikaner mit überraschenden Feuerschlägen aus einer vollkommen getarnten Stellung heraus erwidern. Das Tal mit seinen landwirtschaftlich genutzten Flächen, den Orangenplantagen, den Olivenhainen, den Steinmauern und den Gehöften eignet sich vorzüglich zur Verteidigung. Der Gegner darf nicht wissen, wo die panzerbrechenden Waffen stehen, und die Vierlingsgeschütze müssen die angreifende Infanterie mit ihren gepanzerten Fahrzeugen niederhalten.

Wenn die Amerikaner kommen, gehe ich in Gefangenschaft, sagt Gerhard.

Ich habe keine Lust, vom Engländer vereinnahmt zu werden, antwortet Arno. Ein doppelter vier bis fünf Meter hoher Stacheldrahtzaun, Wachtürme mit schwarzen Soldaten, zwischen den Zäunen die Schießgasse für die Wachmannschaft und vor dem Zaun die Leere der Wüste. Tag und Nacht in einem Tropenzelt hocken, unter der Wüstensonne, für jeden Gefangenen zwei bis drei Quadratmeter Raum, und immer diese brütende Hitze, keine Ortsveränderung, keinen Arbeitseinsatz, nein, dann lege ich lieber die Kabel von einer Batterie zur anderen, selbst auf die Gefahr hin, daß mich eines Tages ein Bombensplitter trifft.

Am späten Abend ist in den Leitungen ein geheimnisvolles Stimmengewirr, ein Getuschel, eine Stimme sucht die andere, sie überdecken sich, plötzlich brechen die Gespräche zusammen, man hört nur noch das Kurbeln der Feldfernsprecher am andren Ende des Kabels.

In der Nacht, ehe ich einschlafe, tauchen vor meinen Augen die Felder von Wolhynien auf, mit Schneelicht überstreut. Die Bäche sind zugefroren, Eis, das im Frost blau schimmert, und die Gehöfte, die Hütten, die Ställe, alles liegt unter Schnee, und die Wintersaat, wer weiß, ob sie im Frühling aufgehen wird.

Lagebericht Wehrmachtführungsstab:
Süden:

Lage Sizilien: der feindl. Druck vor der 15. Pz.-Gren.-Div. und Div. »Hermann Göring« hat sich verstärkt. Am 18. 7. hat das Gen.-Kdo.-XIV. Pz.-Korps den Befehl über die deutschen Verbände in Sizilien übernommen. Die eigene Luftwaffe setzte die Bekämpfung von feindl. Schiffen vor Syrakus erfolgreich fort.

Lage Mittelmeer: Der Feind verstärkt seine Kräfte auf Sizilien, vor allem durch Panzer, und führte nur schwache Angriffe gegen die eigenen Stellungen. Die eigene Luftwaffe bekämpfte Schiffsziele vor Sizilien und Malta. – 400 feindl. Flugzeuge griffen Rom an.

21. Juli

Wenn die Sonne heraufkommt, sieht man in unserer Gegend keinen einzigen Soldaten, es ist, als hätte sie alle der Erdboden verschluckt.

Am späten Vormittag Artilleriebeschuß. Die Batterie muß jenseits der Höhenzüge legen, wir hören durch das geöffnete Fenster den Abschuß der Salven, das Pfeifen der heranfliegenden Granaten, wie es anschwillt, hoch über uns hinwegzieht, einen Augenblick lang verstummt, und erst dann der Einschlag, die Explosion. Wir können in Ruhe sitzen bleiben und frühstücken.

Schade, daß man die Flugbahn einer Granate nicht sehen kann, sagt Arno, diesen unabänderlichen ballistischen Bogen, der gleichmäßig ansteigt und plötzlich abfällt.

Der Beschuß wird stärker, die Granaten schlagen jetzt hinter dem Dorf ein, dort, wo die Verbindungsstraße liegt. Was ist es, ein Kurzschuß, ein Weitschuß? Keiner von uns weiß, auf was sich der Gegner einschießt.

Auf Sizilien gibt es keine Bunkersysteme aus Stahlbeton, keine Stoßtrupps mit scharfer Ladung, keine Schartentreffer, die durch den Raum schießen, hier ist immer nur der freie Himmel über den kämpfenden Soldaten. In einem Bunker ist man den Feuerstößen des Gegners, seiner Feuerkraft restlos ausgeliefert, die Verteidigung ist statisch, auf einen kleinen Raum begrenzt.

Auf dieser Insel gibt es auch keinen Unterstand mit einer dreifachen Balkendecke über dem Kopf, die Bezeichnung »Front« ist zu einem dehnbaren Begriff geworden. Wo beginnt sie, wo hört sie auf? Wenn die Panzerverbände vorstoßen, kann die Frontlinie binnen einer halben Stunde fünf Kilometer vor den Infanteriestellungen liegen. Die Soldaten stehen auch nicht mehr hinter einem schützenden Erdwall; kein ausgeklügeltes Grabensystem, keine getarnten Verbindungsgräben, es ist ein Bewegungskrieg, wie ihn die Welt zuvor noch nicht erlebt hat, die Kategorien sind andere geworden, was heute zählt, ist der überraschende Vorstoß. Die Räume, die Entfernungen, das sind die unsichtbaren Mauern, hinter denen man in Deckung geht, den Raum beherrschen, binnen wenigen Stunden Entfernungen überbrücken, darauf kommt es an. Wer spricht heute noch von einem Stellungskrieg, einer Maginotlinie?

Lagebericht Wehrmachtführungsstab:
Süden:

Lage Sizilien: Sämtliche feindlichen Angriffe wurden abgewiesen. Deutsche S-Boote versenkten vor Syrakus in der Nacht zum 21. 7. 2 feindliche Zerstörer und einen 3000-t-Dampfer; ein weiterer wurde torpediert.

22. Juli

Jeden Morgen, gegen acht Uhr, kommt eine Patrouille von drei Spitfire. Wir können sie mit freiem Auge gut ausmachen, sehen, wie sie hochziehen, sich fallen lassen und nach einer Weile mit einer nachkommenden Dreiergruppe in Richtung Catania davonziehen.

Ich sitze am Klappenschrank, schalte mich in die Gespräche ein.

Sind die Verbindungsstraßen nach Valguanera noch offen? fragt der I A von der Division unseren Major.

Der Ort liegt außerhalb unserer Verteidigungslinie.

Vor zwei Tagen ist ein Kommandotrupp auf Befehl abgerückt und nirgendwo angekommen.

Vom Gegner vereinnahmt, in die Falle getappt.

Das kann doch nicht sein, sagt der I A, wie vom Erdboden verschluckt.

Wissen Sie noch immer nicht, was dort unten los ist? Die italienischen Divisionen, die den Kampf gegen den gelandeten Feind aufgenommen haben, kann man an einer Hand abzählen, die anderen haben kapituliert. Die Straßen sind verstopft mit zurückflutenden Regimentern, die feindselige Haltung in der Zivilbevölkerung nimmt zu. Der Befehl des Oberbefehlshabers Süd, den zurückflutenden italienischen Soldaten gewaltsam entgegenzutreten, ist nicht zu realisieren.

Am späten Nachmittag in der Ferne das Hämmern der leichten Flak.

23. Juli

In der vergangenen Nacht vollzog sich der Ausbau der Verteidigungslinie im Tal. Zwei schwere Flakgeschütze, Kaliber 8,8 cm, wurden in Stellung gebracht. Sie sind so gut getarnt, daß man sie selbst aus einiger Entfernung von zweihundert Metern nicht sieht. Eine Batterie Vierlinge hat man am Rande der Orangenhaine postiert, die Kanoniere können von dort aus den Eingang ins Tal, aber auch die gegenüberliegenden Höhenzüge unter Direktbeschuß nehmen.

Ein Regiment zieht sich erst dann zurück, wenn die Batterien zu fünfzig Prozent ausgefallen sind, hat Major von Treptow zu seinen Batteriechefs gesagt.

Der Tag wird heiß, die Sonne steht groß am Himmel, die Luft auf den Feldern vibriert.

Seit vierundzwanzig Stunden halten die Amerikaner den

gegenüberliegenden Höhenzug besetzt. Das Tal, wo auch Gabriele sein Anwesen hat, ist Niemandsland geworden, doch das Leben scheint weiterzugehen, da füttert eine Frau im Hof ihre Hühner, ein Mann tritt aus dem Gehöft, nimmt die Leiter von der Wand und stellt sie an einen Baum, im Schatten der Hauswand suhlen sich die Schweine, ein Bild, das an der Ostfront undenkbar wäre.

In der Ukraine waren die Strudel des Krieges überall sichtbar, im Hinterland, an der Front, ja selbst in den leeren Räumen der Steppe, es gab keine Punkte der Sicherheit. Hier wird der Krieg in Stufen geführt.

Mittagsstunde. Der Himmel ist bleiern, kein Schußwechsel zwischen hüben und drüben, es ist viel zu heiß, um sich gegenseitig in den Tod zu schicken.

Die blaugrauen Olivenhaine sehen aus der Ferne aus, als würden sie unter den Auspuffgasen einer Militärkolonne liegen.

Nachtdienst. Zwei Armeen liegen sich gegenüber, eingehüllt in den Schatten der Nacht. In diesem Augenblick erscheint mir das alles wie ein gigantischer Wahnsinn. Da liegen auf jeder Seite hunderttausend erwachsene Männer im Dunkeln, graben sich ein, tarnen sich wie bei einem Indianerspiel, sehen mit dem Nachtglas die gegenüberliegenden Stellungen ein. Ich könnte mir vorstellen, daß eines Tages die Soldaten auf beiden Seiten in ein ungeheures Gelächter ausbrechen werden, in ein odysseisches Gelächter, daß sie aufstehen, die Waffen wegwerfen und ganz einfach die Uniformen ausziehen, nicht mehr mitmachen.

Eine Fiktion? Gerade deshalb, weil es in der europäischen Geschichte ein solches Gelächter noch nicht gegeben hat, muß man darüber schreiben, damit es eines Tages Wirklichkeit werden kann.

Lagebericht Wehrmachtführungsstab:
Süden:

Lage in Sizilien: Im Westteil der Insel rückte der Gegner bis Palermo vor. Bei der 15. Pz.-Gren.-Div. harte und wechselvolle Kämpfe.

Die ganze Nacht hindurch donnerte es vom Westen her zu uns herüber. Es hörte sich an, als wäre in unmittelbarer Nähe eine Kegelbahn: Das Ohr vernimmt das Rollen der Kugel, das Stürzen der Kegel.

Nach dem Nachtdienst eine Stunde Schlaf. Ich fühle mich seit Tagen angeschlagen, fiebrig.

Seit 7.30 Uhr legt die amerikanische Artillerie Störungsfeuer ins Tal. Wir hören von drüben den dumpfen Abschuß der Granaten.

Eine Stunde später gezieltes Artilleriefeuer auf die Verbindungsstraße hinter dem Dorf, aber auch die Stellungen der 1. und der 3. Batterie liegen unter Beschuß.

Das Feuer der Amerikaner scheint nicht schlecht zu liegen, die Aufklärungsflugzeuge haben in den letzten Tagen gute Arbeit geleistet.

Artilleriefeuer heißt: das Gehör ausschalten, die Explosionen dürfen nicht auf das Nervensystem durchschlagen.

Die beiden Zeiger meiner Armbanduhr stehen im rechten Winkel, es ist neun Uhr. Das Artilleriefeuer ist verstummt, keine Jagdbomber, die Zeit des Angriffs scheint gekommen zu sein.

Vom Bergrücken aus überblicke ich mit dem Feldstecher das halbe Tal, ich sehe die gegenüberliegende Hügelkette mit den langgestreckten Pinienstreifen, den blauen Dunst über dem Olivenhain. Wenn die Amerikaner nach Norden vorstoßen wollen, müssen sie den Sperriegel brechen, die Höhenzüge auf unserer Seite besetzen.

Auf dem oberen Rand der Bergkette tauchen die ersten amerikanischen Panzer auf, aus der Ferne ziemlich klein, und dahinter die gepanzerten Fahrzeuge, kaum sichtbar die Infanterie. Sie fahren den Hang herab, ganz langsam, als wären sie auf einem Truppenübungsplatz, ich sehe den weißen Stern auf ihren Fahrzeugen.

Am Eingang des Tales schieben sich zehn bis zwölf amerikanische Panzer ganz langsam die Talstraße entlang, in ihrem Schutz, auf breiter Front, die Infanterie. Plötzlich eröffnen die 8,8-Kanonen das Feuer, es sind harte trockene Schüsse, auch die Vierlinge fangen an zu hämmern. Ein Feuerwerk an Leuchtspur, büschelweise brechen die Geschoßbahnen aus der Deckung hervor. Die Leuchtspur ist magnesiumhell. Ich sehe, wie die Geschosse ins Ziel gehen, wie die Garben mit voller Wucht auf die gepanzerten Mannschaftswagen auftreffen, da und dort prallen die Projektile von den Panzerplatten ab, steigen schräg in den Himmel.

Die schweren Flakgeschütze halten die Panzer unter Beschuß, die Kanoniere feuern, laden, feuern, ihre Geschosse gehen ins Ziel. Die ersten beiden Panzer bleiben stehen, Volltreffer in die Raupenketten, wie es scheint, die Luke des vierten Panzers wird aufgerissen, zwei Soldaten springen heraus, werfen sich auf den Boden, wenige Sekunden später explodiert im Panzer die Munition. Die angreifende Infanterie wird vom Feuer der Vierlinge im wahrsten Sinne des Wortes zusammengeschossen, zugedeckt. Der Angriff gerät ins Stocken, Panzer und Panzerspähwagen ziehen sich aus der Gefahrenzone zurück. Da und dort blitzen aus den zurückrollenden Fahrzeugen noch ein paar Schüsse. Was im Tal zurückbleibt, sind fünf zerschossene Panzer und vier Panzerspähwagen.

Ein paar Minuten später kommen zwei amerikanische Sanitätswagen mit der Rotkreuzfahne die Straße entlang, bleiben stehen, die Sanitäter steigen aus, suchen nach Verwundeten. Die Amerikaner müssen in den letzten Tagen kaum noch auf Widerstand gestoßen sein, sie kamen an, als wären sie auf einem Sommerspaziergang.

Nach dem Angriff ist das Tal wieder leer, das Leben ist zurückgekehrt, die Vögel fliegen schreiend von Baum zu Baum.

Sie werden morgen wiederkommen, sagt Arno, aber nicht zu Fuß, sie werden mit ihren Flugzeugen die Stellungen im Tal umpflügen wie ein Ackerfeld, den ganzen Tag werden sie ihre

Einsätze fliegen, ihre Bomben werfen, mit den Bordkanonen feuern, sie werden alles unter Beschuß nehmen, was sich im Tal bewegt, und erst dann einen neuen Vorstoß unternehmen.

Am späten Nachmittag Anruf von der Division: Der italienische Rundfunk hätte gegen 14.00 Uhr den Sturz von Mussolini gemeldet.

Lagebericht Wehrmachtführungsstab:
Süden:
Der Umsturz in Italien:

Der Regierungswechsel verlief nach Meldung des deutschen Militärattachés in Rom auf Grund von Darstellungen der italienischen Presse in folgender Weise:

Am 24. 7., um 15.50 Uhr, trat zum ersten Mal seit Kriegsbeginn der Großrat der Faschistischen Partei im Palazzo Venezia zusammen. Zu Beginn erstattete der Duce Bericht über die politische und militärische Lage. Daraufhin brachte der Vorsitzende des Rates, der ehemalige Minister und Botschafter in London, Conte Dino Grandi, eine von ihm und anderen Mitgliedern des Großrates, u. a. Ciano, Bottai, De Bono, unterzeichnete Tagesordnung ein ... Die Sitzung endet am 25. 7., 3.00 Uhr, mit einem Mißtrauensvotum gegen den Duce von 19 gegen 7 Stimmen bei einer Enthaltung.

Am Vormittag des 25. 7. empfängt der König den Duce, der ihm den Zusammenbruch des bisherigen Systems mitteilt und seine Entlassung als Capo di Governo und Oberkommandierender erhält. Beim Verlassen des königlichen Hauptquartiers wird er in Schutzhaft genommen und scheidet damit aus der Politik aus.

Der König beauftragt den Marschall Badoglio mit der Regierung und unterstellt sich das Comando Supremo unmittelbar.

In der Nacht Schüttelfrost. Schweißausbruch.

Der Hauptfeldwebel kommt mit dem Fahrrad den Feldweg herab, bleibt an der Gartenmauer stehen. Wir nehmen alles zurück, ruft er uns zu, verkürzen die Front. Am Fuß des Ätna wird eine neue Verteidigungslinie errichtet. Baut die Leitungen ab, was bis zum Einbruch der Dunkelheit nicht geschafft wird, bleibt liegen. Sammelpunkt Stabskompanie, 22.00 Uhr.

Fünf Minuten später rufe ich den Regimentsschreiber an und frage, ob er mir etwas über den Stellungswechsel sagen kann. Befehl aus dem Führerhauptquartier, ich kann ihn dir vorlesen: »Nach dem Ausfall der Masse der italienischen Kräfte im Angriffsraum reichen die deutschen Kräfte, allein auch bei gruppenweiser Zusammenfassung, nicht mehr aus, um gelandeten Feind im Angriff in das Meer zurückzuwerfen. Mit weiteren Feindlandungen im Westen der Insel muß gerechnet werden. Die Aufgabe für die nächste Zeit besteht nunmehr darin, das feindliche Vorgehen nach Kräften zu verzögern und in einer Rückhaltestellung vorwärts des Ätna –, angelehnt an die Flußabschnitte und unter Einbeziehung der großen Durchgangsstraßen, in ungefährer Linie S. Stefano–Aderno–Catania, zum Stehen zu bringen. Das Versorgungsgut westlich und südlich dieser Linie ist mit allen Mitteln schleunigst zu räumen …«

Arno steht auf, flucht und geht hinüber in die Scheune, wo der Fernsprechwagen steht. Ein himmelblauer Friede liegt über der Landschaft, den ganzen Vormittag kein Schußwechsel. Abwechselnd nehmen wir die Kabelrolle vor die Brust und beginnen die Leitungen abzubauen. Die Luft ist heiß, staubig, die Stoppeln auf den gemähten Feldern sind brüchig wie Zunder, ein Streichholz würde genügen …

Am späten Nachmittag haben wir zwei Drittel aller Leitungen abgebaut, der Rest bleibt liegen.

Zweiundzwanzig Uhr. Wir sitzen abfahrbereit im Fernsprechwagen. Noch einmal ein Blick auf das Gehöft, die Gartenmauer, den Kastanienbaum, auf die Pinien hinter dem Feld.

Auf der Straße hinter dem Dorf, was rollt da nicht alles an uns vorbei. Die Panzersoldaten der »Hermann-Göring-Division«, die Luken der Panzer sind geöffnet. Es kommen Sturmgeschütze, Panzerspähwagen, die Maschinengewehre gegen den Himmel gerichtet. Die Gesichter der Soldaten sind voller Dreck und Staub. Da und dort blitzt eine Taschenlampe auf, die Flamme von einem Streichholz. Die Ithaker haben kapituliert, ruft einer der Panzersoldaten uns zu.

Nach einer halben Stunde schwenken auch wir in die Hauptverkehrsstraße ein. Es ist dieselbe Straße, auf der ich vor wenigen Wochen noch mit dem Motorrad gefahren bin. Kein Akazienduft, aber dafür Auspuffgase, Benzingestank, die Berge, knochenbleich, werfen einen drohenden Schatten, er fällt über uns her, dunkelblau, schwarz. In den Ohren das dumpfe Dröhnen der Motoren, das Knirschen unter den Raupenketten, wenn sie über die Steine hinweggehen, und dann die Kommandorufe der Batteriechefs, nicht mehr so wie früher, hell, siegesbewußt, ihre Befehle hören sich an wie erstickte Schreie. Wir überholen ein Infanteriebataillon. Die Köpfe der Infanteristen hängen müde herab, kein Sturmgepäck mehr auf dem Rücken, man hat es irgendwo liegengelassen, in den Straßengraben geworfen. Aber auch kein brüllender Qualm wie einst an der Ostfront, keine Soldaten hängen in Trauben an den Lastkraftwagen, der Rückzug vollzieht sich diszipliniert, das Chaos bleibt aus.

Wehe, wenn wir in den Morgenstunden das vorgegebene Zielgebiet noch nicht erreicht haben, wenn wir immer noch auf der Straße liegen und am Horizont die ersten Jagdbomber auftauchen!

Lagebericht Wehrmachtführungsstab:
Süden:

Lage Sizilien: Die 29. Pz.-Gren.-Div. konnte ihre Stellungen im wesentlichen halten. Die feindliche Lufttätigkeit war auffallend gering.

Die Div. »Hermann Göring« hat auf Sizilien 13 Tiger verloren, aber vorher gesprengt.

28. Juli

Fünf Uhr. Das Regiment hat den neuen Bestimmungsort erreicht. Die einzelnen Batterien werden in ihr künftiges Operationsgebiet eingewiesen.

Arno und ich holen die Kabelrollen aus dem Fernsprechwagen und beginnen mit unserer Arbeit. Keine dreihundert Meter vom Stab entfernt stoßen wir auf eine bombardierte Flakbatterie. Vor unseren Füßen ein toter Soldat, er hat den Mund halb geöffnet, vielleicht wollte er etwas rufen, ein paar Meter weiter liegt ein junger Kanonier flach auf dem Rücken, die Arme ausgebreitet, als hätte man ihn an ein unsichtbares Kreuz genagelt, und den dritten Soldaten muß ein Volltreffer in die Munitionskiste mit voller Wucht durch die Luft geschleudert haben, er hängt wie eine Strohpuppe über der Gartenmauer. Es ist, als hätte der Tod mit einem einzigen Hieb das Zeitliche aus den Gesichtern geschlagen. Die Körper sind aufgedunsen, auf den blutverkrusteten Uniformen hocken die Fliegen.

Was soll ich tun, stehenbleiben, ein »Vaterunser« beten? Keiner von uns redet ein Wort. Wer weiß, wie viele Stunden sie hier noch liegen werden, wie lange die Sonne das aufgedunsene Fleisch aufheizen wird. Die Toten werden warten müssen, bis ein paar Kriegsgefangene anrücken, erst dann wird man sie mit Chlor bestreuen, in Säcke packen und irgendwo begraben ...

Herr Major, ich sehe Sie immer noch von Batterie zu Batterie fahren, mit dem Kübelwagen, bleiben Sie doch bitte einmal stehen, ich habe mit Ihnen zu sprechen, Herr von Treptow.

So also sieht der preußische Soldatentod aus, dieses Antreten zum letzten Appell. Sie haben sich abgemeldet, meine Kameraden, die Kanoniere, die Panzergrenadiere, die Infanteristen, sie haben den Krieg, die Angst, das Sterben hinter sich, sind auf dem Weg, wo andere Rangabzeichen Gültigkeit haben. Sie aber, Herr von Treptow, sind wieder auf dem Weg in Ihr Herrenhaus, denn auf den Schlachtfeldern bleiben immer nur die Namenlosen zurück.

Wenn es in den kommenden Tagen ernst wird, sage ich zu Arno, sollten wir versuchen, in den offenen Zonen zu bleiben, wo vieles noch in der Schwebe ist, wo die Kampfhandlungen sporadisch sind. Aus diesen Grauzonen kann man zur Not immer noch ausbrechen, sich in Luft auflösen. An den Randgebieten wird die militärische Stoßkraft wesentlich schneller eliminiert als im Zentrum.

Von Zeit zu Zeit sehe ich mich selbst mit einem Lungendurchschuß im Straßengraben liegen, in den Mundwinkeln das hellrote schaumige Blut. Nur keinen Splitter in den Bauch, ich habe es oft genug erlebt, wie sie mit beiden Händen die austretenden Gedärme zurückgehalten haben.

Solche Visionen haben immer etwas Verfängliches, man bewegt sich dicht am Rande des Erlaubten, spielt mit seinem eigenen Schicksal, vielleicht beschwört man es sogar herbei. Es ist wie das Eindringen in Bereiche, die man auf eigene Gefahr betritt.

29. Juli

Lagebericht Wehrmachtführungsstab:
Süden:

Der OB Süd bezeichnet die Räumung von Sizilien innerhalb von drei Nächten als möglich. Zwischenstellungen und die Aufnahme der überführten Verbände im Raum von Reggio di Calabria sind vorbereitet. Notwendig sei es vor der Räumung, noch die für das östl. Mittelmeer bestimmten Schiffe durch die Straße von Messina durchzuziehen. Als nächstes soll dann das Ausweichen der deutschen Truppen aus Süditalien vorbereitet werden; für den Fall, daß Eisenbahnen ausfallen, ist Ersatz durch die Küstenschiffahrt vorgesehen.

30. Juli

Ich schleppe mich durch den Tag, durch die Nacht, bin müde, ausgelaugt. In den Morgenstunden beginne ich zu frieren, eine Stunde später kommt der Schüttelfrost.
Nach dem Mittagessen gehe ich hinüber ins Sanitätszelt. Der Oberarzt untersucht mich, mißt Fieber, 38,8. Malaria.

Der Sanitäter will mich in den Abendstunden mit dem Motorrad zum Hauptverbandsplatz fahren, der liegt keine fünfzehn Kilometer von uns entfernt.

Als ich vom Arzt zurückkomme, legt Arno den Zeigefinger an die Lippen und sagt: Stell dir vor, in Catenanuova gibt es ein Bataillon, ein Festungsbataillon, das spielt nicht mehr mit, der Kommandeur hat sich mit seinen eintausendzweihundert Soldaten in die Berge zurückgezogen, nach Centuripe.

Wenn das zutrifft, Arno, wird man eines Tages den Offizieren mit dem Wort Vaterland die Schlinge um den Hals legen.

Lagebericht Wehrmachtführungsstab:
Süden:

Lage Mittelmeer: Am 29. 7. lief ein Geleit mit 1 Truppentransporter, 67 Frachtern und 5 Tankern in das Mittelmeer ein. Auf Sizilien verlief der 29. 7. infolge der hohen Verluste des Feindes am Vortage ruhig.

31. Juli

Seit zwölf Stunden liege ich auf dem Hauptverbandsplatz. Wenn das Fieber auf 39 Grad steigt und höher, tun sich neue Dimensionen vor mir auf, der Seelenstoff fängt an zu glühen, die Bäume bewegen sich, strecken sich, tanzen, aber auch der Körper beginnt zu fliegen, steigt, fällt, schwebt. Dennoch nehme ich die Dinge meiner Umwelt in einer eigenartigen Schärfe wahr. Das Sonnenlicht tut den Augen weh.

Ich schrecke auf, bis in den Halbschlaf höre ich den Abschuß der Granaten, die Explosionen der Bomben, lauter in sich abgeschlossene Begebenheiten.

Horch auf den Wind, sage ich mir, er trägt dir den bitteren Geruch der Limonen bis in das Zelt.

Lagebericht Wehrmachtführungsstab:
Süden:

Lage Sizilien: Die Absetzbewegung der 29. und der 15. Pz.-Gren.-Div. verlief planmäßig. Die Pz.-Div. »Hermann Göring« wies einen starken, von Panzern unterstützten Angriff ab.

1. August

Ich sitze auf einem offenen Lastkraftwagen, mit dem Rücken an der Fahrerkabine. Meine Gedanken sind nur noch auf das Lazarettschiff gerichtet, das irgendwo im Norden, in der Nähe von Messina auf uns wartet. Ich sehe, wie sie daliegen in ihren dreckigen Uniformen, die Notverbände verkrustet mit Blut. An meiner Seite ein Unteroffizier, er bringt kaum ein Wort über die Lippen, seine Beine sind voller Splitter, der Verband ist pappig, auf der anderen Seite ein Soldat mit einem Lungendurchschuß. Andere wieder hocken ziemlich unruhig da, sind in sich zusammengerutscht, ein jeder mit einer Kugel im Leib, einem Splitter. Ein Schuß mehr, ein Schuß weniger, und immer noch ein Schuß zuviel. Aber da war weit und breit kein Sanka zu sehen, hinauf auf den Lastkraftwagen mit der Rotkreuzfahne, ganz einfach auf die harten Planken, keine Decken, keine Matratzen, seht zu, wie ihr mit eurem Vaterland fertig werdet.

Ich höre, was sie reden, es ist nicht viel, nur ein paar Worte, oft etwas fahrig. Sie sind froh, daß der Krieg für sie zu Ende ist, sie fragen nicht, ob sie eines Tages mit einer Unterschenkelprothese leben werden, sie sind jung und nehmen manches noch von obenhin. Und das alles ist das Leben, und ein jeder hat nur das eine, und ein jeder möchte es behalten, nicht mehr aus der Hand geben.

Die Fahrt geht durch ein Lavafeld, die Steine sind schwarz.

Ich lasse mich gehen, nicke ein, schrecke nach einer Weile wieder hoch, der Kopf ist dumpf, ich spüre, wie mich das Fieber trägt, hebt und wieder fallen läßt. Kommt ein Granattrichter, dann sacken wir durch, der Mageninhalt möchte nach oben. Ich sehe einen Jagdbomber anfliegen, höre das Heulen des Motors, er dreht ab, er muß die weiße Fahne mit dem Roten Kreuz gesehen haben. Ich schaue hinauf in den Himmel, über uns eine flüchtende Sonne.

Ich habe Durst, ich könnte einen ganzen Liter Rotwein trinken, diesen Landwein von Gabriele. Schade, daß er nicht mehr bei uns vorbeigekommen ist, wir hätten ihm gern »Auf Wiedersehn« gesagt. Und dieser kleine Fluß am Fuße des Berges, jetzt möchte ich in seinem Wasser sitzen, bis an den Hals.

Der Schüttelfrost klingt ab. Schweiß tritt aus den Poren. Ja, sie werden mich nach Messina bringen, auf ein Lazarettschiff, und dann geht es durch das Mittelmeer hinauf bis nach Livorno. Warum soll ich mir Sorgen machen, ich werde in einem weißen Bett liegen, man wird mich mit Atebrin behandeln, sie werden mir Tag für Tag eine Spitze in den Oberschenkel jagen, die Haut wird gelb werden wie eine Zitrone, ich werde Bluttransfusionen bekommen und warten, bis die Anfälle schwächer werden. Was soll's, an der Malaria tertiana ist noch keiner gestorben, außerdem tut Fieber nicht weh. Leg dich hin, warte, bis dich die Sanitäter auf die Trage heben. Und wenn der Tod wirklich noch einmal bei uns vorbeikommt und auf den Lastkraftwagen steigt, dann werde ich ihm ein paar Trauben anbieten. Greif zu, werde ich zu ihm sagen, es sind sizilianische Beeren, saftig und süß, vielleicht wirst du begreifen, was du als Tod bisher versäumt hast: das Leben.

Gegen Mittag schrecke ich hoch. Dort, am Horizont, das blau schimmernde Band, es könnte die Straße von Messina sein …

Jede militärische Aktion endet eines Tages mit einer Dokumentation, in einem Netz von Zahlen.

Hinter diesen Zahlen tauchen keine Gesichter mehr auf,

keine Namen, keine Schicksale, es gibt auch keine Landschaften, militärische Räume, und dennoch verbergen sich hinter einem solchen Zahlenspiegel Landung und Verteidigung, Flucht, Gefangenschaft und Rettung, da ist Niederlage und Sieg.

RECLAM-BIBLIOTHEK

Hanns Cibulka
Tagebuch einer späten Liebe

96 Seiten. Mit 3 Abbildungen. RBL 1615. 14,– DM
ISBN 3-379-01615-2

Hanns Cibulkas *Tagebuch einer späten Liebe* führt nach Erfurt, in eine »Stadt, die sich dem Leben öffnet, wo sich auch heute noch Vergangenheit und Zukunft miteinander streiten«.
Cibulkas Stadtgänge halten vor alten Häusern und Brücken inne, spiegeln das Wechselspiel der Natur, setzen sich mit moderner Malerei auseinander und lassen zeitkritische Betrachtungen und lyrische Texte hinzutreten. So entstehen poetische Aufzeichnungen, die in leisen, zarten Tönen auch von einer Liebe erzählen, zu Gundula, einer aus dem Waldviertel stammenden Gärtnerin.
Tagebuch einer späten Liebe ist eine literarische Erkundung, eine Aufforderung, die Oberfläche der Dinge zu durchdringen.

RECLAM-BIBLIOTHEK

Hanns Cibulka
Thüringer Tagebücher

279 Seiten. RBL 1457. 16,– DM
ISBN 3-379-01457-5

»Das Tagebuch gehört zu den Formen, die mich am stärksten faszinieren, sagt Hanns Cibulka. In den »Thüringer Tagebüchern« schreibt er über seine Wahlheimat Thüringen, spricht in Briefen, Aufzeichnungen und Erzählungen einfühlsam über Landschaften und Menschen, Poesie und Natur.

»Alle Aufzeichnungen stellen eine biographische Zäsur dar, möchten aber auch mehr sein: eine Art ›Standortbestimmung‹ und ›Lebenshilfe‹ – eine Orientierung für den Suchenden und Hoffenden. Es ist faszinierend, diese Aufzeichnungen heute – als ein Stück Literatur ›gegen die damaligen Verhältnisse‹ – zu lesen.«

Günter Gerstmann, Neue Zeit

Hanns Cibulka
Ostseetagebücher

248 Seiten. RBL 1398. 16,– DM
ISBN 3-379-00693-9

»Hiddensee, das historisch gänzlich unberührte, gleichwohl anheimelnde Eiland westlich vor Rügen. Hanns Cibulka, der als Soldat Sizilien kennengelernt hatte, betritt Hiddensee im Bildungsschatten der Antike. Er arbeitete lange Jahre über als Bibliothekar in Gotha. Er geht mit Goethe, mit Platen, vor allem aber mit Gerhart Hauptmann, der auf Hiddensee begraben liegt, vertraut um. Seine Distanz zu Menschen und Dingen wächst in der Landschaft, die der Maler Caspar David Friedrich öfter aufbewahrt hat. Es werden kleine Geschichten von Menschen erzählt, wenn man sich abends beim Wein trifft, Erlebnisse, Beobachtungen fast von heute, allerdings aus einem verspäteten Land. In ihnen hält ein Verehrer des Gegensätzlichen kenntnisreich Zwiesprache mit der Natur.«

Konrad Franke, Süddeutsche Zeitung

RECLAM LEIPZIG

Anatoli Asolski
Die Zelle

Roman

Aus dem Russischen übertragen von Andreas Tretner
Format 12,5×20,5 cm
251 Seiten. Gebunden. 39,80 DM
ISBN 3-379-00770-6

Anatoli Asolski erzählt die tragische, atemberaubende Lebensgeschichte zweier ungleicher, hochbegabter junger Männer in den dreißiger bis fünfziger Jahren: Der eine stark, frech, spielsüchtig, Held und Rächer; der andere dem Leben fremd, von Wahn und Neurose bedrohtes Genie. Beide sind besessen zu ergründen, welche biologische Keimform der menschlichen Individualität zugrunde liegt und für Wiederholung und Reproduktion sorgt: Verheißung des Neuen und dessen Verhinderung zugleich, irgendwo in den Tiefen der Zelle …
Ganz auf sich selbst gestellt, immer auf der Flucht vor den Häschern des NKWD, geistern sie zwischen Memel, Schwarzmeer und tiefem Sibirien umher, finden nirgends Ruhe. Hoffnung gibt es nicht; dennoch bewegen sich die beiden weiter gegen den Strom im großen Ameisenstaat. »Die Zelle« ist ein Roman über das Leben in Krieg, Terror und Diktatur. Ein Bild des Menschen im 20. Jahrhundert.

»Ein eindrucksvoller Roman« *NDR*

»Große Literatur« *Der Standard*

Manfred Lührs
Im Dunkel Berlins

Roman

Format 12,5×20,5 cm
318 Seiten. Gebunden. 39,80 DM
ISBN 3-379-00772-2

Ein spannender Thriller, der in die bizarre Berliner Halbwelt der zwanziger Jahre führt.
Mai 1923. Im Tiergarten findet man die Leiche einer jungen Prostituierten. Kurz vor ihrem Tod hatte sie versucht, der Alliierten Militärkontrollkommission brisante Informationen zu verkaufen. Wurde sie zum Schweigen gebracht? Weiß ihre Freundin Henny mehr, als sie zugibt? Nicht nur die Kriminalpolizei, sondern auch der britische Geheimdienst interessiert sich für den Mordfall.
Henny, eine androgyne Schönheit, läßt sich jeden Abend durch das Berliner Nachtleben treiben, auf der Suche nach großzügigen Liebhabern und ein paar Gramm Kokain. Sie kann die Polizei abschütteln, nicht aber den Secret-Service-Mann Arthur Rowland, der aus London angereist ist, um sie zu treffen. Auf eigene Faust verfolgen sie eine heiße Spur, ohne zu ahnen, daß ihre Gegner jeden ihrer Schritte beobachten. Ein tödlicher Wettlauf beginnt …

»Atmosphärisch dicht und mega-spannend.« *TV Movie*

RECLAM-BIBLIOTHEK

Panta rhei

Der Fluß und seine Bilder

Ein kulturgeschichtliches Lesebuch

Herausgegeben von Ute Seiderer
319 Seiten. Mit 17 Abbildungen. RBL 1677. 24,– DM
ISBN 3-379-01677-2

Was immer Flüsse dem Menschen bedeutet haben – es hat seinen Niederschlag gefunden bei Philosophen und Historikern, bei Dichtern und Essayisten. Sie führen den Leser dieser Anthologie an Initiations- und Inspirationsquellen, an Grenzflüsse und an heilige Flüsse, sie zeigen den Fluß als Lebenselixier und Erotikon, aber auch seine todbringende Gewalt.

Der Blick auf Natur ist zeitbedingt. Daß Flüsse in der Literatur der deutschen Klassik vornehmlich brausen und fast überschäumen, während sie ein Jahrhundert später ruhig dahinziehen, oder daß Bäche bei den Romantikern murmeln und plätschern, in barocken Zeiten hingegen hüpfen und springen – dies offenbart höchst unterschiedliche Denkweisen und Empfindungswelten ganzer Epochen. Die stinkenden Kanäle und versickernden Flüsse in der Literatur des beginnenden 20. Jahrhunderts stehen dagegen in verwunderlicher Nachbarschaft zu Leonardo da Vincis apokalyptischer Vision von der Austrocknung unterirdischer Wasserwege. Panta rhei: Alles fließt. – Aber wie?

RECLAM-BIBLIOTHEK

Landschaft mit Leuchtspuren

Neue Texte aus Sachsen

238 Seiten. RBL 1654. 19,– DM
ISBN 3-379-01654-3

Dieses Lesebuch aus Prosa, Lyrik, Essays und einer Farce ist eine Entdeckungsreise durch die gegenwärtige literarische Landschaft Sachsens. Neben namhaften Autoren – Volker Braun, Heinz Czechowski, Kurt Drawert, Werner Heiduczek, Wolfgang Hilbig, Erich Loest u. a. – sind auch vielversprechende Nachwuchsautoren an dieser Anthologie beteiligt. Manche Autoren haben ihren Wohnsitz nicht mehr in Sachsen, fühlen sich aber nichtsdestoweniger dieser Region eng verbunden.

Entstanden ist ein abwechslungsreicher, unterhaltsamer Streifzug fern allem Provinzialismus. Die poetische Stimmung in den einzelnen Beiträgen reicht von den elegischen Versen Heinz Czechowskis über die deftig-komische DDR-Karikatur Erich Loests und die süffisante Kulturgeschichte der Toilette von Wolfgang David bis hin zu den unkonventionellen Texten jüngster Autoren.